Scherz Krimi

Spannung mit Niveau

Stanley Ellin

Die schöne Dame von nebenan

Scherz
Bern – München – Wien

Einzig berechtigte Übertragung aus dem Amerikanischen
Titel des Originals: »The Key to Nicholas Street«
Schutzumschlag von Heinz Looser
Foto: Thomas Cugini

2. Auflage 1983, ISBN 3-502-50882-8

Gesamtherstellung: Ebner Ulm

JENNY

1

Als ich am Sonntagmorgen aufwachte, spürte ich sofort, es war ein herrlicher Tag. Zwar war es sehr warm, aber vom Fluß kam eine frische Brise, und wenn die Vorhänge zur Seite wehten, fiel so heller Sonnenschein auf die Wände, daß mir die Augen weh taten. Von überallher klangen Kirchenglocken – von der Jackson-Avenue, vom Five Corners und auch von der unteren Stadt.

An der Straße war Mr. Bennauer schon mit seinem Rasenmäher an der Arbeit. Alle Leute in der Nicholas-Street haben ein fürchterliches Getue mit ihrem Rasen, aber der Schlimmste von allen ist Mr. Bennauer. Allerdings fällt mir seit kurzem auf, daß er sich immer dann, wenn ich morgens aufstehe und am Fenster ein bißchen Luft schöpfe, mit besonderer Hingebung seinem Rasen widmet.

Weil es so stickig ist in meiner Dachstube, habe ich bei heißem Wetter nie ein Nachthemd angezogen, und wenn ich die Vorhänge öffnete und aus dem Fenster lehnte, blieb er jedesmal stehen und schaute mit seinen Knopfaugen zu mir herauf. Eine ganze Weile hatte ich mir nichts dabei gedacht, denn er trug so dicke Brillengläser, daß man hätte meinen sollen, er sehe direkt vor seiner Nase nicht einmal seine zehn Finger. Aber dann fing er an, mich so blöd anzulächeln, wenn ich auf der Straße an ihm vorüberkam, daß mir ein Licht aufging.

Natürlich konnte ich nicht einfach zu ihm hinüberlaufen und ihm sagen, er solle sich nicht wie ein alter Ziegenbock benehmen, also tat ich, was ich für richtig hielt: Ich erzählte es Mrs. Ayres.

Nun, was sie erwiderte, klang, als hätte nicht Mr. Bennauer sich unschicklich benommen sondern ich.

»Du willst doch nicht sagen, Jenny, daß du nicht einmal ein Nachthemd anziehst?« fragte sie.

So höflich wie möglich versuchte ich ihr zu erklären, die Dachstube sei zwar ein wenig größer als der Backofen in der Küche, aber während der Sommerhitze nicht viel kühler. Ich merkte aber sofort, daß es zwecklos war. Sie wartet nur ab, bis man fertig ist, damit sie ihre eigene Meinung sagen kann. Trotzdem kann man ihr nicht richtig böse sein, weil sie das alles auf eine so nette Art tut.

»Jenny«, sagte sie, »ich will dich wirklich nicht kränken, aber das ist eine ganz abscheuliche Gewohnheit. Und natürlich darfst du das nie wieder tun. Wenn du kein Nachthemd hast ...«

»Ich habe ein Nachthemd«, sagte ich, »mehrere.«

»Dann ist das also kein Problem. Das andere gehört zu den Dingen, die deine Mutter dir hätte sagen sollen, was sie anscheinend vergessen hat. Aber ich bin sicher, sie wäre glücklich, wenn sie wüßte, daß sich jemand die Mühe nimmt, dir solche Sachen beizubringen.«

Als hätte Mrs. Ayres nicht so gut wie ich gewußt, daß meine Mutter nur dann glücklich war, wenn sie Bier trinken konnte, soviel in sie hineinging. Komisch, wie viele Leute es in der Welt gibt, die man nicht so gut leiden kann, wie man eigentlich sollte. Zum Beispiel Mrs. Ayres – sie ist immer so freundlich und aufmerksam und auf ihre Art sogar rücksichtsvoll, und trotzdem mache ich mir oft Gedanken über sie. Ich bin nicht einmal sicher, ob die Geschichte mit dem Nachthemd sie nur deshalb so aufregte, weil Mr. Ayres in der Vorratskammer im Dachstock ein und aus geht. Aber wenn sie das von mir glaubt, dann ist sie auf dem Holzweg.

Einige der Mädchen von Five Corners, die hier in der Nähe als Haushalthilfe arbeiten, erzählten mir, der Hausherr sei ihnen lieber als die Hausfrau. Meiner Meinung nach ist das ein Gerede von Mädchen, die nur eines im Sinn haben: wenn die Frau aus dem Haus ist, schäkert der Mann – und bezahlt. Ich bin ganz gewiß nicht engherzig. Schon mit neunzehn hab' ich gelernt, daß es eine ganze Menge Männer gibt, die keinen Weiberrock sehen können, ohne daß es ihnen in den Fingern juckt. Wenn ein Mädchen Lust hat, da mitzumachen, kann ich nur sagen: viel Glück!

Aber ich hatte dazu keine Lust, und ich muß Mr. Ayres einräumen, daß er es einem Mädchen nicht schwermacht, anständig zu bleiben. Vielleicht ist ein Mann, der schon siebenundvierzig wird, in dieser Beziehung nicht mehr ganz auf der Höhe, aber schließlich und endlich, wenn man Clark Gable im *Orpheum* sieht, kommt man zu einer andern Meinung. Er sieht ganz so aus, als könnte er alle Männer ausstechen, selbst wenn er im Rollstuhl gefahren wird – und wenn ich seinen Rollstuhl schieben sollte, wäre ich gleich damit einverstanden. Soviel steht jedenfalls fest: Mrs. Ayres war vielleicht gewillt, wie eine Mutter für mich zu sorgen, aber Mr. Ayres verhielt sich bestimmt immer wie ein Großvater zu mir. Und auch ihr Sohn, der junge Richard, den alle Dick nannten, machte mir das Leben in der Nicholas-Street 161 nicht schwer.

In den ersten paar Tagen, die ich im Haus war, wurde ich nicht recht schlau aus dem Jungen. So wie er aussah, hätte er auf der Titelseite einer Zeitschrift als der typische junge Amerikaner figurieren können, aber wenn man sich mit ihm unterhalten wollte, zeigte er für nichts Interesse, nicht einmal für den letzten Film im *Orpheum* oder für die Chancen der Yankee-Mannschaft, im Fußball zu gewinnen. Es dauerte eine Weile, bis ich merkte, daß Dick fast geschwätzig werden konnte, sobald es sich um Beethovens Nummer Soundso oder moderne Literatur handelte, aber wenn man von alltäglichen Dingen sprach, stellte der Junge sich einfach taub.

Um ihm nicht Unrecht zu tun: in den ersten Tagen, die ich im Haus war, bot er sich freiwillig an, mir beim Abwaschen zu helfen, und ich kann nicht behaupten, es sei ihm peinlich gewesen, daß er jedesmal, wenn er einen Teller vom Spültisch nehmen wollte, mit dem Arm um mich herumlangen mußte. Aber offenbar fand er bei mir nicht das bestimmte Etwas, das Beethoven ihm geben konnte, denn nach jenen ersten paar Tagen war Geschirrabwaschen ganz ausschließlich eine Solobeschäftigung. Was mir auch lieb war, weil Bob jederzeit zur Küchentür hereinkommen konnte, und wenn er Dick dabei erwischt hätte, wie er mir so nahe kam, hätte es ein größeres Unglück gegeben als zerbrochenes Geschirr.

Bob Macek ist, wie ich wohl erklären sollte, ein junger Mann, der es haßt, auch nur einen Augenblick seines jungen Lebens zu vertrödeln. Während der Woche schneidet er Steaks in Sharfs Fleischerladen, und am Wochenende macht er für Sutton – unsere Heimatstadt – manchen sehr guten Ball, und die ganze Zeit ist er entsetzlich eifersüchtig, was, solange es sich um mich handelt, auch in Ordnung ist.

Wenn sich unser Prinz noch für etwas anderes interessiert

außer den Künsten, so ist das Mrs. Ayres selbst, und das gleiche gilt von seiner Schwester Bettina. Ich sagte einmal zu Mrs. Ayres, wenn es soweit kommt, daß Bob und ich auf unser Lebenswerk zurückschauen und finden, daß wir Kinder haben, die soviel von uns halten wie Dick und Bettina von ihrer Mama, nun, dann können wir sagen: Wir haben gute Arbeit geleistet. Und wenn da irgendein Trick dabei ist, sagte ich, um sie ein wenig zu necken, so solle sie doch so lieb sein und ihn mir verraten.

»Wenn du deine Kinder wirklich liebst, Jenny«, sagte sie, »wirst du finden, daß sie deine Liebe erwidern.« Sie sagte es auf eine Weise, als brauche es dazu nichts anderes als ein bißchen Orgelmusik im Hintergrund; aber ich glaube, sie meinte es wirklich so.

Immerhin, Mr. und Mrs. Ayres, Dick und Bettina, alle zusammen sind sie wahrscheinlich die solideste Familie in ganz Sutton. Aber wieso ein solches Musterstück von Familie sich mit einem Individuum wie Mr. Matthew Chaves abquält, gehört zu den Dingen, die jeden zum Lügner stempeln, der behauptet, daß Gerechtigkeit triumphiere. Natürlich muß man dafür vor allem Bettina die Schuld geben, denn sie hat ihn ins Haus gebracht. Aber seit ich Chaves richtig kenne, glaube ich eher, es hat sich so verhalten: Er schaute sich um, was er sah, gefiel ihm, und dann kam er von selbst herein. Diese Art hat er an sich: Er kann einen glauben machen, man habe ihn tatsächlich eingeladen, und es sei eine hohe Ehre, ihn zu bedienen.

Als ich ihn das erstemal sah, dachte ich: Schon wieder so ein Kerl, der um Almosen bettelt, und wieso kommt er überhaupt zur Vordertür herein. Er war unrasiert und steckte in einer alten Arbeitshose und einem kurzärmeligen Hemd mit einem Riß an der Schulter. Und natürlich hatte er eine Zigarette im Mundwinkel – ich glaube, er hat sogar, wenn er duscht, eine Zigarette im Mund.

Ich will zugeben, daß das, was in den Kleidern steckte, sehr viel besser aussah als die Kleider selbst, falls sich jemand die Mühe nahm, ihn genauer zu betrachten. Das schwarze wellige Haar und die grauen Augen sind eine Kombination, um die ihn jedes Mädchen beneiden könnte, und obgleich er nicht sehr groß ist, sieht er so aus, daß ein vernünftiger Mensch

lieber einen Bogen um ihn macht als ihn vom Trottoir zu drängen.
Aber er hat so eine Art an sich, die darauf berechnet ist, einen kirre zu machen. Er stand da, als habe er genug Geld in der Tasche, um das Haus zu kaufen, und denke nur darüber nach, ob es das Geld auch wert sei. Dabei schielte er durch seinen Zigarettenrauch nach mir. Sein Blick war nicht so, daß ich rot wurde – Gott sei Dank gehöre ich nicht zu der Sorte, die immer gleich rot wird –, aber unter seinem Blick wurde mir zumute, wie einer Mikrobe zumute sein muß, wenn der Professor sie durchs Mikroskop anstarrt.
Da kam Bettina hinter ihm drein, und wie sie den Burschen anschaute, das war wirklich sehenswert. Bettina ist zweiundzwanzig und von den Lehrerinnen der Lokalschule eine der hübschesten, aber sie zwängt sich in einen Strumpfgürtel, der eine Nummer zu klein ist, benutzt ihren Lippenstift so zaghaft, daß sie sich die Mühe ebensogut sparen könnte, und sagte zu mir noch eine Woche vorher, ihrer Meinung nach sollte kein Mädchen sich mit einem Mann küssen, solange sie nicht mit ihm verlobt ist. Und jetzt himmelte sie diesen Strandräuber an wie eine Vierzehnjährige, die ihren Schwarm zum erstenmal auf der Bühne auftreten sieht.
Mister, dachte ich, du weißt es vielleicht nicht, aber wenn du dich nicht auf der Stelle mit ihr verlobst, muß eine gewisse Schullehrerin in ihren Ideen völlig umlernen.
»Jenny«, sagte Bettina, und ich merkte gleich, welche Mühe sie sich gab, ruhig zu bleiben, »das ist Mister Chaves.« Sie sprach es Scha-wes aus.
»Freue mich, Sie kennenzulernen, Mister«, sagte ich, spielte die wohlerzogene kleine Jenny und wunderte mich, was das alles bedeuten sollte.
»Mister Chaves«, fuhr die Prinzessin fort, »hatte die Absicht, Miss Ballou nebenan zu besuchen, aber sie ist nicht daheim; daher sagte ich ihm, er sei auch bei uns herzlich willkommen. Du hast doch sicherlich für ihn etwas zu essen, nicht wahr, Jenny?«
Demnach war es also doch eine Art Almosen, wenn auch nicht die übliche Art. Aber was mich erstaunte, war die Vorstellung, daß dieser Bursche Chaves die Ballou *besuchte*. Ich hätte mir

denken können, daß er kam, um ihr den Garten umzugraben, aber Bettina hatte mit Nachdruck »besuchen« gesagt, was bedeutete, daß die Sache auf einer gesellschaftlichen Basis vor sich ging. Und wenn es schon komisch aussah, wie Bettina für dieses Scheusal die Gastgeberin spielte, die Vorstellung, daß die Ballou es auch tat, war geradezu grotesk.

Übrigens bin ich voller Bewunderung für Miss Ballou. Jedes Mädchen wäre glücklich, wenn es in reiferen Jahren noch so aussähe. Wenn man sich nur in ein Tweedkostüm zu hüllen braucht, das den weiblichen Formen nicht mehr schmeichelt als ein Leinensack, und die Füße in derbe Fünfpfund-Schuhe steckt und dabei die Aufmerksamkeit der Nicholas-Street-Wölfe wie ein Hornsignal erregt, dann muß man etwas an sich haben, das seine Wirkung tut. Die Ballou besitzt das von den Schuhen bis hinauf zu ihrem prachtvollen roten Haar.

Natürlich ist die Ballou mit Haut und Haaren eine Großstädterin, was immer ein Vorteil ist, denn New York gibt einer Frau so etwas Gewisses, was selbst die Fillmore-Street in Sutton ihr nicht geben kann. Sie ist Malerin, arbeitet für die Hälfte der großen Zeitschriften, die man an den Kiosken ausgestellt sieht, und wieviel sie dabei verdient, kann man daran ersehen, daß sie, als sie ein Haus in Sutton suchte und fand, Nicholas-Street 159 – unser Nachbarhaus – sei das Richtige, es auf der Stelle bar bezahlte!

Nicht nur das, auch andre Dinge, wie ein prachtvoller Nerzmantel, ein Cadillac-Kabriolett mit allen Schikanen und das kleine Vermögen, das sie mir zahlt, weil ich ihr gelegentlich das Haus putze und ihre Zentralheizung in Gang halte — das alles beweist, daß der Unsinn mit den Künstlern in Dachkammern endgültig der Vergangenheit angehört. Oder die Ballou besitzt insgeheim eine Urangrube, von der sie nur nichts erzählt.

Immerhin, was sollte ein kluges Mädchen, das die Ballou kannte, sich denken, wenn ein Bursche auftauchte mit einem altmodischen Backenbart und einem zerrissenen Hemd und behauptete, er sei bei dieser Dame zu Gast geladen, und da er sie nicht traf, sich von der erstbesten ins Schlepptau nehmen ließ. Die erstbeste war in diesem Fall Bettina, die mit ihren zweiundzwanzig Jahren noch glaubt, man könne einem Mann

trauen, der einem kleinen Mädchen Schmeicheleien sagt.
So, das war es, was ich dachte und was ich Bettina sagte, sobald ich sie in die Küche lotsen konnte.
»Und ich will gleich jetzt klarstellen«, sagte ich, »sollte im Haus etwas fehlen, wenn dieser Zauberprinz wieder fort ist, so ist es *Ihre* Sache, das Ihrem Vater und Ihrer Mutter beizubringen.«
Sie wurde totenblaß. »Jenny«, sagte sie, »wie kannst du so etwas auch nur denken . . .!«
Ich sagte ihr Bescheid, warum ich das konnte.
Sie schaute mich mitleidig an. »Zufällig arbeitet Mister Chaves für eine der Zeitschriften, an die Miss Ballou ihre Bilder verkauft, und sie sind sehr eng befreundet. Sie sagte ihm, er könne sie an jedem beliebigen Wochenende besuchen, und aus diesem Grund ist er gekommen. Und wenn es ihm gefällt, in alten Kleidern herumzulaufen, so ist das seine Angelegenheit.«
Ich sagte ihr, selbst wenn er den besten Anzug trüge, der bei *Hibbard* in der Fillmore-Street zu haben sei, er habe etwas an sich, das mir gar nicht gefiele . . .
Sie preßte ihre Lippen so fest zusammen, daß sie plötzlich wie eine echte Schullehrerin aussah. »Jedenfalls halte ich ihn für einen außergewöhnlich anziehenden jungen Mann, und was den äußeren Eindruck anbelangt, so könnte ich erwidern, daß Bob Macek manchmal einfach abscheulich aussieht.« Damit ging sie rasch aus der Küche, bevor ich sagen konnte, daß ich Bob nicht um seiner Schönheit willen heiraten werde – was sie ohnehin weiß.
Wie sich herausstellte, hatten wir beide recht. Bettina, weil Chaves tatsächlich all das ist, was er behauptet hatte, und ich, weil er noch vieles andere mehr ist. Er hat dieses dreiste Benehmen, und er hat Bettina so behext, daß sie sich alles gefallen läßt. Und natürlich lassen es sich auch Mr. und Mrs. Ayres gefallen, denn sie würden lieber tot umfallen als etwas tun, das Bettina unglücklich macht.
Ich wünschte sehnlichst, ich könnte die Ballou über ihn ausfragen. Aber schließlich kann man nicht einfach einer Frau persönliche Fragen stellen nach einem Mann, den sie kennt, besonders wenn man keine Ahnung hat, wie die Dinge zwischen den beiden stehen. Die Tatsache, daß Chaves jetzt regelmäßig

jedes Wochenende kommt und die Hälfte dieser Zeit mit der Ballou und die andere Hälfte mit Bettina verbringt, als wolle er keine von beiden seiner kostbaren Gegenwart berauben, scheint die Ballou nicht aufzuregen; zumindest läßt sie sich nichts anmerken. Aber wer weiß sowas sicher, und schon gar bei der Ballou, die nicht einmal eine Miene verzog, als ich zufällig eines ihrer Bilder zerriß, das sie schon fertig hatte für eine Zeitschrift und nun noch mal machen mußte.

Ich kam zu dem Schluß – und Bob ist derselben Meinung –, daß Chaves höllisch hinter der Ballou her ist, aber bisher nicht zum Ziel kam, und denkt, Bettina sei das geeignete Mittel, sie eifersüchtig zu machen. Denn Bettina ist in vieler Hinsicht ein sehr nettes Mädchen, aber mit der Ballou kann sie keinesfalls konkurrieren.

Eines Tages verkündete er während des Abendessens, er habe seine Stellung in New York aufgegeben und lasse sich in Sutton nieder. Ich ließ die Fleischplatte, die ich gerade hereinbrachte, beinahe fallen, aber Mr. und Mrs. Ayres bewahrten auf bewundernswerte Weise ihre Fassung. Sie lächelten beide, als sei das eine überaus beglückende Nachricht, und Mrs. Ayres fragte ganz ruhig, was für Pläne er habe. Hatte er hier einen Posten in Aussicht?

»Das habe ich«, erwiderte Chaves freundlich. »Ich arbeite ab morgen bei der *Sutton-Fähre-AG.*«

»Was für eine Arbeit?« fragte Mr. Ayres.

»Deckarbeit auf der Fähre, der guten alten *Hudson Valley.* Zweiunddreißig pro Woche, samt Verpflegung.«

Bettinas Verhalten ließ klar erkennen, daß Miss Zimperlich schon seit langem wußte, was gespielt wurde, und nur darauf wartete, daß jemand von der Familie eine abfällige Bemerkung machte, um dann gründlich ihre Meinung zu sagen. Aber Dick aß weiter, als habe er kein Wort gehört, und Mr. und Mrs. Ayres saßen da, als sei der Tisch mitsamt dem Essen und allem, was sonst darauf stand, plötzlich verschwunden.

»Sie wollen doch nicht sagen, daß Sie eine Stellung aufgegeben haben, die Ihnen zehntausend im Jahr einbrachte, um hier Deckarbeiter auf der Fähre zu werden?« fragte Mrs. Ayres schließlich.

Genau das wollte er sagen. Und es bedeutete zudem, daß er,

statt in Nummer 159 und 161 den Weekendgast zu spielen, nun zum ständigen Kostgänger werden konnte. Und es auch wurde, denn er kam jetzt so oft, daß man es kaum anders nennen konnte.

Als ich Bob die große Neuigkeit erzählte, war ihm sofort klar, daß in New York etwas Ernsthaftes passiert sein mußte, worauf das Scheusal aus seiner Firma hinausgeflogen war. »Doch was auch geschehen ist«, sagte Bob, »jedenfalls ist er seine Stellung los. Deshalb wird er so viele Almosen annehmen, wie er kriegen kann, bis er Miss Ballou heiratet, und dann auf ihre Kosten ein Leben führen, wie es ihm seiner Meinung nach zusteht.«

Bob lieferte der Ballou das Fleisch und kannte sie daher sehr gut; ich hatte sogar das Gefühl, daß er Chaves um seine Zukunftspläne fast ein wenig beneidete. Das sagte ich ihm auch. »Nun«, erwiderte mein Angebeteter, »das ist doch eine Frau, mit der sich leben läßt. Gutes Aussehen, Verstand, Geld – und sie weiß, wie man einen Mann behandeln muß.«

Es stellte sich heraus, daß sie ihm, als er erwähnte, es bringe seinen Lieferplan durcheinander, wenn sie nicht daheim sei, ohne weiteres einen Schlüssel zur Seitentür ihres Hauses gegeben hatte. »Wenn ich auf das Klingeln nicht öffne, legen Sie das Zeug einfach in den Kühlschrank«, hatte sie gesagt, und seither läuft mein Liebster mit Myladys Hausschlüssel in der Hosentasche herum!

Da mir das zu dumm war, nahm ich von da an alle Fleischlieferungen für nebenan entgegen, egal ob die Ballou daheim war oder nicht. Es gibt zwar in Sutton außer Bob Macek noch andere Männer, die des Anschauens wert sind, aber er genügt mir, solange mir nichts Besseres über den Weg läuft.

2

Als ich den Vorhang aufzog, war über der Straße drüben tatsächlich Mr. Bennauer schon mit dem Rasenmäher an der Arbeit. Entweder kann er trotz seiner dicken Gläser sehr gut sehen, oder er hat in seinen Rasenmäher ein Radarsystem eingebaut, denn kaum lehnte ich mich aus dem Fenster, schützte er Müdigkeit vor und ließ seine Augen zu mir wandern. Er schaute die ganze Zeit nach den Wolken, die gar nicht vorhanden waren, während ich mich für meine Morgenarbeit fertig machte.

Das Frühstück für die Familie mußte um neun bereit sein; außerdem mußte der Wasserboiler bei der Ballou aufgeheizt werden, weil sie gesagt hatte, sie käme heute aus der Stadt zurück. Dann mußten die Betten gemacht werden, und dann hatte ich noch etwas an dem Kleid zu nähen, das ich beim Fußballmatch tragen wollte. Zwischendurch, darauf konnte ich Gift nehmen, würde Bettina einen Unterrock kürzer gemacht und Dick einen Hemdenknopf angenäht haben wollen. Überdies würde Mr. Ayres mich nach frischen Leinenfetzen umherjagen, die er für seine Malerei brauchte. Als einzige würde, wie immer, Mrs. Ayres ein wenig Rücksicht zeigen und den andern so lange zusetzen, bis sie mich in Ruhe ließen, damit ich in Frieden meiner Arbeit nachgehen könnte. Täglich stellt sie einen genauen Plan auf, was am nächsten Tag getan werden muß, und sie wacht mit Argusaugen darüber, daß alles bis aufs Tüpfelchen ausgeführt wird.

Ich wußte, daß das baumwollene Hauskleid, das ich anzog, bei der letzten Wäsche eingegangen war, doch erst als ich einen Blick in den Spiegel warf, merkte ich, wie eng es geworden war. Aber schließlich, warum soll ein Hauskleid gleich unanständig wirken, bloß weil es ein bißchen knapper sitzt als gewöhnlich? Ich beschloß, mir nichts daraus zu machen, schlüpfte in meine alten Pumps, nahm Handtuch und Zahnbürste und ging hinunter.

Die Schlafzimmertüren im zweiten Stock waren noch alle zu, und ich dachte schon, welch ein Segen, daß die ganze Familie noch schläft und ich das Badezimmer für mich habe, statt den Waschraum im Keller benutzen zu müssen. Als ich jedoch zum Badezimmer kam, hörte ich drinnen sprechen. An den Stimmen erkannte ich Bettina und Mrs. Ayres, und aus ihrem erregten Geflüster war leicht zu entnehmen, daß irgend etwas in der Nicholas-Street nicht stimmte.

Bettina sagte etwas wie: »Eine Liebelei mit ihr!«, und Mrs. Ayres antwortete: »Ich konnte es dir nicht sagen! Du hättest dich zu sehr darüber aufgeregt! Du siehst doch, wie sehr du dich jetzt aufregst!« Daraufhin konnte ich mir allerlei zusammenreimen. Irgendwie hatte Miss Zimperlich erfahren, daß der Chaves und die Ballou, wenn sie nebenan zusammenhockten, sich nicht gerade darüber unterhielten, wie man am besten einen Braten schmort, und natürlich hatte sie das schwer getroffen.

»Schon all die Zeit!« sagte Bettina, und dann begann sie zu weinen, während Mrs. Ayres immerzu rief: »Bitte, Baby!«, was offenbar nichts zu Bettinas Beruhigung beitrug.

Man kann sich daher meine Gefühle vorstellen, als ich, nachdem sich im Badezimmer alles in Tränen aufgelöst hatte, ins Wohnzimmer hinunterkam und dort den Chaves vorfand, friedlich auf der Couch schlafend! Hemd, Schuhe und Socken waren auf dem Boden verstreut, und es bedurfte keines Sherlock Holmes, um zu wissen, daß er die ganze Nacht hier verbracht hatte.

Während ich ihn betrachtete, machte er beide Augen zugleich auf und starrte mir ins Gesicht. Dann tastete er unter den Sofakissen herum und zog ein Zigarettenetui hervor. Er nahm eine Zigarette heraus, steckte sie in den Mund und streckte mir seine Hand hin. »Streichholz!« sagte er, kein Wort sonst. Das war der Augenblick, ihm die kalte Schulter zu zeigen und davonzugehen. Aber was tat die kleine Jenny statt dessen? Sie holte nicht nur eine Schachtel Streichhölzer, sondern zündete eines an und hielt es ihm hin, so daß unser Casanova sich seine Zigarette anzünden konnte, ohne einen Finger zu rühren.

Er blies eine Rauchwolke in die Luft und sagte dann plötzlich: »Jenny, haben Sie schon mal davon geträumt, Sie könnten Mannequin werden? Ein berühmtes Mannequin, um das sich alle Agenten reißen. Oder Hollywood? Träumen Sie ab und zu davon, Sie könnten für ein großes Studio in Hollywood arbeiten, und die ganze Welt läge zu Ihren Füßen?«

Natürlich hatte ich manchmal gedacht, wie es wohl wäre, wenn ich berühmt würde wie so manches Mädchen, das weniger zu bieten hat als ich. Mannequin zu werden, hat mich nie sehr gereizt, aber die Leinwand als Lebensberuf, das wäre schon etwas anderes. Sie sind ja immer auf der Suche nach neuen Talenten, weil die Filmstars so rasch altern, und man kann es einem Mädchen nicht verübeln, daß es ihnen halbwegs entgegenkommt, wenn sie feststellen, es habe große Ähnlichkeit mit Lana Turner. Ich erwähne gerade sie, weil Bob und andere schon mehr als einmal feststellten, daß ich ihr gleiche.

Aber ich würde Bob gegenüber solche Gedanken nie erwähnen, denn er ist strikt der Meinung, daß ein Mädchen, das vier Jahre lang in Sutton High Hausarbeit gemacht hat, sein ganzes Leben dem Haushalt widmen soll, entweder aus Freude daran oder um seinen Unterhalt zu verdienen. Chaves ging das alles natürlich überhaupt nichts an, und das sagte ich ihm.

»Wenn Sie mir eine ehrliche Antwort geben würden, könnte ich Ihnen sagen, wie glücklich – oder auch wie unglücklich – Sie Ihr Leben lang sein werden«, erwiderte er daraufhin.

Das war echt Chaves! Liegt um halb neun am Sonntagmorgen auf der Couch, während Bettina sich oben halb zu Tod weint, und hat nichts anderes im Sinn, als sich zu überlegen, ob Jenny noch glücklich sein wird, wenn ihr Haar weiß ist.

»Ich bedaure sehr, Mr. Chaves«, sagte ich, »aber ich glaube, wir müssen diese interessante Unterhaltung ein andermal fortsetzen. Ich habe alle Hände voll zu tun. Außerdem muß ich das Zimmer in Ordnung bringen, bevor die Familie herunterkommt. Wenn es Ihnen also nichts ausmacht, so werde ich mich jetzt zurückziehen, damit Sie aufstehen können.«

Er betrachtete mich mit halbgeschlossenen Augen, und ich merkte gut, daß sein Interesse meinem Hauskleid galt.

»Jenny«, sagte er, »Sie bringen eine Note in die Nicholas-Street, die ihr bestimmt schon lange gefehlt hat.« Bei diesem Kompliment brach ich unsere Unterhaltung ab. Und dabei behauptet man immer, die Frauen müßten das letzte Wort haben!

Als ich aus dem Küchenfenster schaute, war ich ein bißchen erstaunt zu sehen, daß Mr. Ayres schon draußen war beim Malen, und zwar, nach der Unordnung um ihn herum zu schließen, schon seit geraumer Zeit. Ich beschloß, ihm eine kleine Freude zu machen, suchte, nachdem ich abgewaschen hatte, ein paar saubere Leinenlappen und ging in den Hof hinaus. Er saß da und starrte seine Malerei an.

Er hatte die Garage am Ende der Allee zwischen 161 und 159 gemalt – eine Doppelgarage, die Mr. Ayres und die Ballou gemeinsam benutzen. Ich mußte ein zweitesmal hinschauen, bis ich herausfand, was es darstellte, denn es stimmte mit den Farben nicht – sie waren alle zu hell –, und das Ganze war eher ein Sammelsurium von Schachteln und Linien als eine Garage.

Zu der Zeit, als Mr. Ayres mit Malen anfing, waren seine Bilder gar nicht schlecht. Aber das war noch, bevor die Ballou mit ihren Ratschlägen auftauchte, und was dann herauskam, glich dem wilden Zeug, das sie in ihrer freien Zeit malt und das in Nr. 159 überall an den Wänden hängt.

Ich verstehe natürlich nichts von Kunst, aber ich weiß genau, was mir gefällt, und was ich in 159 zu sehen bekomme und was Mr. Ayres seit neuestem in der Vorratskammer unterm Dach aufstapelt, gefällt mir ganz und gar nicht. Dabei sind die Bilder, die die Ballou für ihre Zeitschriften macht, alle so gut, daß man denkt, es müsse eigentlich auch an dem andern Zeug etwas dran sein.

Ich übergab Mr. Ayres die Leinenlappen, und er nahm sie, als bemerke er mich gar nicht. Aber ich war froh darüber, denn manchmal verlangt er von mir, ich solle meine Meinung über das Bild sagen, an dem er gerade malt. Und das wäre mir heute, nach der kleinen Auseinandersetzung mit Mr. Chaves, wirklich zuviel gewesen; daher machte ich, daß ich wieder in meine Küche kam. Aber da ich ihn durchs Fenster beobachtete, merkte ich, daß er sich weder um die Lappen noch um seine Malerei kümmerte. Er saß da und starrte zur Garage hinüber, oder vielleicht auch zum Haus der Ballou, das dahinter lag – still wie eine Mumie. Woraus klar hervorging, daß Bettinas Sorgen über das Badezimmer hinausgedrungen waren.

3

Meiner Ansicht nach gibt es nichts Lächerlicheres als einen Menschen, der etwas auf dem Herzen hat und tapfer versucht, es vor der Welt zu verbergen. Ich finde es viel besser, frisch von der Leber weg zu reden und die Atmosphäre ein für allemal zu klären.

Wenn ich dafür noch eine Bestätigung gebraucht hätte, so bekam ich sie an diesem Frühstückstisch. Bettina und Mrs. Ayres, mit Gesichtern so weiß wie das Tischtuch, warfen ab und zu krampfhaft eine Bemerkung hin, die ohne jeden Sinn war; Mr. Ayres starrte die Wand an, genau wie er vorher die Garage angestarrt hatte; Dick kam natürlich erst, als Mrs. Ayres mich dreimal hinaufgeschickt hatte, um ihn zu holen. Er paßte sehr gut in das Bild, denn er griff nach der Sonntagszeitung und blätterte darin herum, bis Mrs. Ayres ihm befahl, sie wegzulegen.

Inmitten von all dem saß Chaves so unbekümmert da, als habe er keine Ahnung, was um ihn her vorging. Zu Ehren des Tages hatte er sich Mr. Ayres' Rasierapparat ausgeliehen und sich rasiert; überdies trug er ein frisches Sporthemd, von dem ich wußte, daß es Dick gehörte, denn ich hatte es erst vor zwei Tagen gebügelt.

Es war der Mühe wert, der Unterhaltung dieser fröhlichen Tafelrunde zu lauschen.

»Dick, mein Lieber«, sagte Mrs. Ayres zum Prinzen, der mit der Nase in der Zeitung vor seinem Teller saß, »ich wünsche, daß du diese Zeitung sofort weglegst und etwas ißt.«

»Ich habe keinen Hunger«, antwortete Dick, der liebe. »Ich wäre dir dankbar, wenn du mich in Frieden ließest.«

Bettina hatte an seinem Ton etwas auszusetzen. »Sprich nicht so unfreundlich mit Mutter«, sagte sie.

Das war natürlich für Chaves das Stichwort. »Wenn in einem freien Land«, sagte er, »ein Mann bei Tisch die Zeitung lesen will . . .«

»Kümmere dich lieber um deine eigenen Angelegenheiten!« unterbrach ihn Bettina, als sei sie nie in diesen Mann verliebt gewesen.

»Das«, sagte Chaves, »ist ein Ton, der allen guten Sitten widerspricht. Du solltest eher sagen: *Frage nicht, für wen die Glocke läutet.*«

Das erregte sogar Mr. Ayres' Aufmerksamkeit. »Was heißt das?« erkundigte er sich.

»Ich wollte sagen«, erklärte Chaves, »daß ich, wenn ich Dick wäre, vom Tisch aufstehen und die Sonntagszeitung nach Herzenslust woanders lesen würde. Ich finde nämlich, es ist

die Pflicht eines jeden Bürgers, am Sonntag ...«
Dick wartete das weitere nicht ab. Er warf seine Serviette auf den Tisch und ging aus dem Zimmer, und der Blick, den Mrs. Ayres Chaves zuwarf, war wie mit Dolchen gespickt. Sie machte den Mund auf, um etwas zu sagen, dann schloß sie ihn wieder und schaute mich an, die sorgfältig Krumen vom Tischtuch las.
»Jenny«, sagte sie, »wenn du jetzt schon mit Abwaschen anfängst, braucht Bob nicht zu warten, wenn er kommt, meinst du nicht, Liebe?«
»Das ist wahr«, sagte ich und ging hinaus. Ich dachte, wenn ich mein Ohr an die Küchentür legte, werde mir schon kein Wort entgehen. Leider hatte ich mich diesmal geirrt. Obgleich ich mein Ohr an der Türe fast wund rieb, war drinnen nur ein Gemurmel zu hören, bis plötzlich Mr. Ayres so laut »Matt!« rief, daß ich erschreckt zusammenfuhr.
Es gibt Augenblicke, in denen einem Mädchen alles egal ist, und jetzt war ein solcher Augenblick. Ich machte die Tür einen Spalt auf, gerade so viel, daß ich sah, wie Chaves Mr. Ayres an der Schulter gepackt hielt und ihm offenbar etwas erklären wollte. Aber Mr. Ayres Rücken konnte ich ansehen, daß Chaves keinen großen Erfolg damit hatte. Dann schüttelte Mr. Ayres ihn ab und ging rasch aus dem Zimmer, und Chaves stand, sicherlich zum erstenmal in seinem Leben, völlig verdattert da, während die Frauen ihn mit schneeweißen Gesichtern anstarrten. Plötzlich machte der Chaves eine Bewegung mit seinem Arm, als wolle er sagen, von ihm aus könne sie alle beide der Teufel holen, und dann ging er genauso rasch hinaus wie vorher Mr. Ayres.
Das alles hatte mich völlig durcheinandergebracht. Deshalb fiel mir erst jetzt ein, daß ich ganz vergessen hatte, den Boiler der Ballou anzuheizen! Sie will ihr Badewasser immer so kochendheiß haben, daß ihr fast die Haut abspringt, und wenn das Boilerwasser bei Myladys Rückkehr heiß sein sollte, mußte ich mich sehr sputen.
Sie hatte mir den Schlüssel zur Seitentür am Kopf der Kellertreppe gegeben, und er würde natürlich am Haken neben meinem Frisiertisch hängen, wo ich ihn immer aufbewahrte. Ich rannte die Treppe zum Dachgeschoß hinauf, um ihn zu ho-

len. Dort blieb ich wie angewurzelt stehen: Zum erstenmal war die Tür zum Dachgeschoß zu, und nicht nur zu, wie ich gleich feststellte, sondern fest verschlossen!
Man kann sich denken, wie erstaunt ich war, denn diese Tür stand immer sperrangelweit offen, und ich wußte nicht einmal, daß es einen Schlüssel dazu gab.
In einem solchen Augenblick kommt man auf die verrücktesten Gedanken, und das erste, was mir durch den Kopf ging, war, daß Mrs. Ayres irgendwie gemerkt haben mußte, daß ich an der Küchentür horchte, und mir auf diese Art zu verstehen gab, sie verzichte künftighin auf meine Dienste. Die andern Gedanken, die mir dann kamen, waren genauso lächerlich, aber jeder einzelne war dazu angetan, mich in dieselbe Stimmung zu versetzen, in der sich die übrige Familie ohnehin schon befand.
Schließlich gab ich der Tür einen ordentlichen Fußtritt, um Mrs. Ayres Bescheid zu sagen.
Ich trat in die Küche, und da stand, wie ich vermutet hatte, Mrs. Ayres und spülte für mich das Geschirr. Ich sagte mein Sprüchlein, und ihr blieb buchstäblich der Mund offenstehen.
»Die Dachbodentür?« fragte sie. »Verschlossen?«
»Ganz fest verschlossen«, sagte ich.
»Nie im Leben«, sagte sie und schaute in der Küche umher, als erwarte sie, einen Zettel an der Wand zu finden, auf dem des Rätsels Lösung stand.
»Wenn Sie mich fragen«, sagte ich, darauf bedacht, keinen Namen zu nennen, »so ist jemand hier im Haus, der Späße liebt, die verletzen. Und er weiß zufällig genau, daß nichts mir so verhaßt ist wie solch ein dummer Streich.«
»Er?« fragte Mrs. Ayres und schaute mich sonderbar an. »Ich sehe keinerlei Gründe, wieso er wissen soll, wo der Dachbodenschlüssel aufbewahrt wird. Oder gibt es dafür Gründe, Jenny?«
Ich glaube, daraus hätte ich allerhand entnehmen können, aber was mich im Augenblick interessierte, war die Mitteilung, daß es einen Schlüssel gab und Mrs. Ayres wußte, wo er war. Ich sagte natürlich kein Wort, und Mrs. Ayres fuhr fort: »Der Schlüssel hängt immer an einem Nagel im Vorratsraum, in der Ecke, wo alle die Malereien aufgestapelt sind.« Dann

japste sie plötzlich: »O nein!« und rannte zur Treppe, als habe sie den Verstand verloren.
Was sollte ich anderes tun als hinter ihr herrennen. Wir liefen die Treppe hinauf bis zum Dachstock, wo Mrs. Ayres den Türknauf packte, umdrehte und die Tür aufstieß.
Nun war die Reihe an mir, verblüfft zu sein, aber dazu hatte ich keine Zeit. Offenbar fiel es Mrs. Ayres gar nicht auf, daß die Tür sich anders verhielt, als ich geschildert hatte, denn sie ging sofort den kleinen Gang entlang, wo die Deckenbalken so tief herunterreichen, daß sie gebückt gehen mußte, und dann stieß sie die Tür zur Vorratskammer auf und spähte hinein, als ob sie Gott weiß was erwarte. Ich schaute ihr über die Schulter, aber natürlich war gar nichts Besonderes zu sehen. Das einzige Fenster – eine kleine Luke – ging auf den Hinterhof. Unter dem Fenster waren Mr. Ayres' Meisterwerke aufgestapelt, und im ganzen Raum verteilt hingen die paar Gemälde, die Mrs. Ayres für würdig hielt, aufgehängt zu werden. Sonst war nichts zu sehen.
Zum erstenmal seit unserer Jagd treppauf schien Mrs. Ayres zu Vernunft zu kommen. Sie drehte sich um und sagte: »Hast du nicht behauptet, die Tür sei verschlossen, Jenny?«
»Ich bin ganz sicher, daß sie verschlossen war«, sagte ich.
»Aber du siehst doch, daß es nicht stimmt«, sagte Mrs. Ayres. »Sie war überhaupt nicht verschlossen.« Es war, als sagte sie das eher zu sich selbst, statt zu mir, und dann ging sie zum Fenster, nahm etwas, das daneben an einem Nagel hing, und streckte es mir hin. »Und hier ist der Schlüssel«, sagte sie, »an der Stelle, wo er hingehört. Dort hängt er immer.«
Nun, was läßt sich in einer solchen Situation sagen oder tun? Ich entschuldigte mich sehr höflich, dann holte ich den Schlüssel der Ballou aus meinem Zimmer und ging hinter Mrs. Ayres her die Treppe hinunter, meinen eigenen Gedanken nachhängend, die keineswegs erfreulich waren. Und siehe da, im Stockwerk, wo die Schlafzimmer lagen, stand am Fuß der Treppe Chaves, mit einem Schmunzeln im Gesicht wie eine Katze, die den Kanarienvogel gefresssen hat und eben mit Genuß die Schwanzfedern verschluckt. Das war zu viel für die kleine Jenny, und sobald Mrs. Ayres außer Hörweite war, machte ich meinen Mund auf.

»Ich möchte Ihnen danken, Mr. Chaves, für all den Spaß, den Sie mir heute morgen verschafft haben.«
»Nicht der Rede wert«, sagte er, als könnte er kein Wässerchen trüben.
»Und ich möchte Ihnen sagen«, fuhr ich fort, »daß der Dachstock in diesem Haus mein privater Bereich ist, von dem Sie sich fernzuhalten haben. Ganz und gar!«
»Ich werde meine Wünsche bekämpfen und mich fernhalten«, erwiderte er.
»Und«, sagte ich, »wenn Miss Ballou wissen möchte, warum ihr Wasser nicht heiß ist, werde ich ihr mit Freuden erzählen, was Sie damit zu tun haben.«
Das schien ihn zu überraschen. »Miss Ballou?« fragte er. »Aber sie ist doch schon gestern abend gekommen.«
Ich griff mir an den Kopf.
»Gestern abend? Soll das heißen, daß sie die ganze Zeit dasitzt und darauf wartet, bis ich den Boiler anheize, und Sie sagen mir kein Wort davon?«
Schließlich bezahlt mich die Frau auf eine Weise, die mir erlauben wird – wenn Bob und ich einmal vor den Traualtar treten –, solche Möbel anzuschaffen, wie ich sie mir schon immer erträumt habe; aber so gutmütig sie auch ist, so etwas könnte das Ende dieses Einkommens bedeuten. Ich sagte das dem Scheusal, und als Zeichen, wie sehr ihn das interessierte, zuckte er die Achseln.
»Wenn Sie sich Sorgen machen, so haben Sie mehr Grund dazu, als Sie wissen. Miss Ballou ist nur zurückgekommen, um ein paar persönliche Sachen herauszunehmen, die sie mit nach New York nehmen will. Wenn sie heute abend den Staub ihres Grundstücks von den Füßen schüttelt, tut sie das meinem Gefühl nach für immer.«
Zuerst glaubte ich ihm, dann wieder nicht, und schließlich wußte ich gar nicht, was ich glauben sollte. In Wirklichkeit dachte ich nur an eine gewisse Schlafzimmerausstattung, auf die ich, wenn dies alles Wahrheit war, lange würde warten müssen. Aber es entspricht der menschlichen Natur, die Hoffnung nicht fahrenzulassen, und ich dachte, das beste sei, meine Arbeit fortzusetzen, bis ich einen klaren Beweis hatte, so oder so.

Ich sagte daher: »Nun, wenn sie daheim ist, wird sie bestimmt auch heißes Wasser brauchen«, und im stillen dachte ich, um dieser Qual ein Ende zu machen, brauche ich ja die Ballou nur zu fragen.
»Nein«, sagte Chaves, und mein Argwohn, er halte mich nur zum besten, wurde wieder wach. »Ich glaube nicht, daß heißes Wasser jetzt für Miss Ballou wichtig ist.«
Nun konnte mich erst recht nichts abhalten. »Vielen Dank für Ihren äußerst gütigen Rat, Mr. Chaves«, sagte ich. »Falls Sie jedoch nichts dagegen haben, will ich tun, was Miss Ballou von mir erwartet, bis ich von ihr eine andere Weisung erhalte.«
Er hatte jedenfalls nicht gelogen, als er sagte, sie sei daheim. Das sah ich, als ich die Garageneinfahrt kreuzte und auf ihrer Seite das große Cadillac-Kabriolett blinken sah. Und heißes Wasser brauchte sie auch nicht mehr – das sah ich, als ich die Seitentür ihres Hauses aufschloß und die Kellertreppe hinunterging. Denn am Fuß der Treppe lag sie – so bleich und regungslos und tot, wie ich hoffentlich meiner Lebtag nichts mehr zu sehen bekomme...

LUCIE

4

Charakterstärke hat keiner in der Familie Ayres je besessen, und keiner wird sie je haben. Das ist die Wahrheit! Der alte Mann hat es selbst gesagt an jenem Abend, als Harry sich an den Tisch setzte und ihm die Aufstellung seines Buchprüfers zeigte. Die Staatspapiere im Wert von hunderttausend Dollar waren vor drei Jahren verlorengegangen, einen Monat nach dem großen Bankkrach; der Grundbesitz an der Monroe-Avenue war verloren, und das uralte Inventar des Kaufhauses war höchstens ein paar Dollar wert. Der alte Mann saß da und starrte den Bericht an, wobei seine Hände so zitterten, daß er, als er einen Schluck Wasser trinken wollte, alles auf mein frisches Tischtuch verschüttete.

»Wir haben ja noch das Haus«, sagte ich, und da schaute der alte Mann mich an und sagte: »Lucie, du besitzt mehr Charakterstärke als alle Ayres zusammen. Gott sei Dank!«

Daran mußte ich unwillkürlich denken, als Jenny mir sagte, die Tür zum Dachstock sei verschlossen, denn seit jener Nacht war sie nie verschlossen gewesen. Damals war Harry um elf Uhr ins Schlafzimmer gekommen, und irgend etwas in seinem Ausdruck ließ mich aus dem Bett springen, bevor er noch ein Wort gesagt hatte.

»Hast du Vater gesehen?« fragte er. »Er ist weder in seinem Zimmer noch im Bad, und als ich hinunterging, um abzuschließen, konnte ich ihn auch da nirgends entdecken. Ich war sogar oben unterm Dachstock, aber dort ist die Tür verschlossen ...«

»Harry«, sagte ich, »die Tür schließe ich nie zu«, und obwohl ich damals im siebten Monat war, war ich nie mehr als eine Stufe hinter Harry, als er die Treppe wieder hinauflief und die Tür mit seiner Schulter einrannte. Da war der alte Mann – er hing an einem Stück Wäscheseil.

Der alte Mann und ich hatten uns nie besonders gut verstanden, daher war es für mich immer ein kleiner Trost, daß die letzten Worte, die er in dieser Welt gesprochen hatte, bewiesen, daß er genau wußte, was ich für ihn und Harry, seinen Sohn, bedeutete. Ich hatte Grund, ihm dafür dankbar zu sein, als sich in der Nicholas-Street überall die bösen Zungen zu regen begannen und Rose McIntyre und Freda Lutey und all die anderen an den Ayres keinen guten Faden mehr ließen.

Aber die Charakterstärke ist es, die einem Ansehen verschafft, und so wenig wie der alte Mann hat Harry sie besessen, als die hochnäsige Miss Ballou daherkam und ihre Netze nach ihm auswarf, oder auch Bettina, als Matthew Chaves beschloß, sie sich zu angeln. Sogar Richard ist manchmal ein echter Ayres, mit dem Kopf in den Wolken, während seine Füße die Steine im Weg nicht spüren, aber was Richard anbelangt, so will ich aus vollem Herzen anerkennen, was es für eine Mutter bedeutet, wenn sie weiß, daß alles, was sie für ihren Sohn getan hat, von ihm auch gewürdigt wird. Und ich glaube – das zu sagen schäme ich mich nicht –, Richard zeigt mir soviel Liebe, wie es einem Sohn nur möglich ist.

Daran dachte ich gerade, als ich durch das Küchenfenster Jenny die Einfahrt entlanglaufen sah, die zu Katherine Ballous Haus führt, und ich wünschte in diesem Augenblick, daß Dick und noch ein paar andere in der Nicholas-Street, denen die Augen fast aus dem Kopf fallen, wenn Jenny an ihnen vorübergeht, sie hätten sehen können. In diesem lächerlich engen Kleid, das genau zeigte, wie sich bei jedem Schritt alles an ihr bewegte, die Haare nach allen Richtungen verweht, war sie wirklich ein Anblick.

Sie kam in die Küche und lehnte sich keuchend an die Wand. In ihren Augen war ein fahriger Ausdruck wie bei einem scheuenden Pferd, dem ein Blatt Papier vor die Füße geweht ist.

»Jenny!« sagte ich streng, um sie zur Vernunft zu bringen. »Was ist passiert?«

»Miss Ballou!« sagte sie. »Sie ist die Kellertreppe hinuntergefallen ... Sie ist tot!« Und dann begann sie zu lachen und zu weinen, alles durcheinander, als sei sie wirklich hysterisch geworden.

Ich gab ihr einen Schlag ins Gesicht, nur einen einzigen, aber der saß.

Sie faßte sich mit erstauntem Ausdruck ins Gesicht, aber sie kam wieder zu sich. Ihr Atem ging nicht mehr so keuchend, als sie kopfschüttelnd sagte: »Ich wollte Sie nicht ärgern, Mrs. Ayres. Es ist nur, weil sie so daliegt ...«

Es ist mir in der Seele zuwider, wenn ein Mensch, zu dessen Bestem man etwas tut, denkt, man habe es aus Hartherzigkeit getan. Ein Mädchen wie Jenny ist dafür das lebendige Beispiel, denn man muß sich doppelt Mühe geben, um ihr begreiflich zu machen, daß alles, was man tut, um aus ihr eine anständige und brauchbare Frau zu machen, aus ehrlicher altmodischer Liebe geschieht, der Art von Liebe, die jeder Mensch sogar für das niedrigste unter Gottes Geschöpfen fühlen müßte, so altmodisch das auch klingen mag.

Ich sprach ihr daher gut zu, bis sie sich wieder in der Hand hatte. Dann ließ ich sie stehen und ging hinüber in Katherine Ballous Haus. Die Seitentür stand weit offen, die zum Keller führende Lattentür ebenfalls. Ich betrat das Haus und sah die Frau am Fuß der Kellertreppe liegen. Sie war schon lange dorthin gegangen, wo eine Frau wie sie in der Ewigkeit hinkommt. Der gnädige Gott hat in seiner Barmherzigkeit das Gebet einer Ehefrau und Mutter gehört, die ihn in ihrer Not anrief, und hatte die Missetäterin vernichtet.

Sie lag am Fuß der Treppe ausgestreckt, so liederlich und schamlos, wie sie auch im Leben gewesen war, beide Beine bis zu den Strumpfbändern entblößt. Ihr rotes Haar floß über den Boden, und ab und zu bewegte sich eine Strähne, wenn ein schwacher Luftzug die Treppe herunterkam, so daß es aussah, als wäre das Haar das einzig Lebendige an ihr.

Ihre ausgestreckte Hand umklammerte den abgerissenen Griff der Lattentür am Kopf der Treppe, den gleichen kleinen Messinggriff, wie wir ihn in Nr. 161 haben. Man sah die beiden Enden aus ihrer geballten Faust herausragen; im einen Ende steckte noch die Schraube.

Ihre Bluse hatte im Rücken von der Schulter bis fast zur Taille einen Riß, so daß man den Träger ihres Büstenhalters sehen konnte. Ich schob die Ränder des Risses sorgsam zusammen und zog ihr dann den Rock wieder herunter, damit sie kein so aufreizendes Bild bot. Während ich das tat, überdachte ich, was geschehen mußte: Die Polizei und der Arzt mußten gerufen werden wie damals, als der alte Mann starb, und ich mußte ein vernünftiges Wort mit Harry, meinem Mann, reden. Es war ganz gewiß begreiflich, daß ich hoffte, Harry werde jetzt zur Vernunft kommen, und ich war wahrhaftig nie so sehr bereit, seinen Fehltritt zu verzeihen wie jetzt. Immer wieder hatte ich mir gesagt, daß einst die Frau den Mann verführt hat und es immer die Frau ist, die das tut, und natürlich ist ein Mann, der sich in der gefährlichen absteigenden Hälfte seines Lebens befindet, besonders zugänglich, wenn ihm eine zungenfertige parfümierte Frau ohne Moral in den Weg läuft, die ihm einredet, er sei unwiderstehlich.

So stand ich über die Schlange gebeugt, deren Kopf im Sand zerschmettert war, und ich wußte, der Alptraum war vorüber. Es gab Zeiten, in denen ich den Kampf beinahe aufgegeben hätte, in denen es um meinen Stolz und mein Gefühl für Schicklichkeit so traurig stand, daß ich mir sagte: »Warum kämpfst du noch?« Aber nun konnte ich froh sein, daß ich dem Kampf nicht ausgewichen war. Selbst in einem Augenblick nicht wie

heute morgen, als Matthew Chaves seinen unflätigen Mund aufmachte.
Doch plötzlich schien das alles zuviel für mich zu sein, denn meine Knie zitterten. Ich tastete die Stufen hinauf und hinaus in die frische Luft. In der Küche unseres Hauses saß Jenny am Tisch; vor ihr stand ein Glas Holunderbeerenwein, den wir hier und da bei besonderen Anlässen trinken, und sie nippte an dem Glas, weil sie wußte, ich würde in einem Augenblick wie diesem nichts dagegen haben. Ich ging wortlos an ihr vorbei ins Wohnzimmer. Dort saß Harry, einen Teil der Sonntagszeitung im Schoß, aber sein Kopf lag an der Rücklehne seines Sessels, und seine Augen waren geschlossen.
»Harry«, sagte ich, und er öffnete seine Augen und schaute mich an. »Harry, nebenan ist ein Unglück passiert.«
»Nebenan?« fragte er schläfrig.
»In 159«, sagte ich.
Er richtete sich langsam auf, ohne auf die Zeitung zu achten, die zu Boden glitt, und seine Hände klammerten sich fest um die Armlehnen seines Sessels. Als er mich dann anschaute, dachte ich unwillkürlich: er weiß es. Wieso er es wissen konnte, war mir unerklärlich, aber als er mich so anschaute, war ich sicher, daß er es wußte.
»Katherine Ballou ist die Kellertreppe hinuntergefallen, Harry«, sagte ich.
Er stand auf. In seinem Gesicht war seine Liebe zu ihr so deutlich zu lesen, als sei sie in Worten auf seine Stirn geschrieben. »Ist es ernst?« fragte er. »Ist sie verletzt?«
»Sie ist tot, Harry«, sagte ich, »mausetot!«

5

Von der Polizeiwache neben dem *Plaza* bis zur Nicholas- und Monroe-Street fährt man höchstens zehn Minuten. Aber so wie unsere Polizei nun einmal ist, mußten wir eine geschlagene halbe Stunde warten, bis sich jemand zeigte. Natürlich war das vollauf genügend Zeit, daß alle Wichtigtuer in unserem Viertel Lunte gerochen hatten und angerannt kamen, um uns

nach Kräften auszufragen.
Ich stand mit Bettina und Jenny auf dem Fahrweg, während Harry und Matthew Chaves unten im Keller waren. Und um mich herum standen Freda Lutey und Rose McIntyre und Mort Bennauer, aufgeregt schwatzend wie Schulkinder, die auf den Zirkusumzug warten.
Natürlich spielte sich Jenny stark auf, als sie merkte, daß sie im Mittelpunkt des Interesses stand; sie hatte sich sogar Lippenstift aufgeschmiert und ihr Haar aufgesteckt, und sie benahm sich wie eine Ballkönigin.
Ich will zugunsten des Mädchens einräumen, daß es ohne Falsch ist, aber ganz unwissend und gedankenlos wie alle Leute, die keine Spur von Erziehung besitzen. Das sagte ich auch zu Rose McIntyre, als ich ihr erzählte, wie ich das Mädchen in der ersten Woche, in der wir sie hier hatten und Richard ihr beim Geschirrspülen half, dabei erwischte, wie sie dabei fast über Richard lag, und Rose erwiderte, die Mutter des Mädchens sei als eine fürchterliche Säuferin bekannt, die bestimmt im Armenhaus enden werde.
»Nun«, sagte ich zu Rose, »um so mehr hat man Grund zu versuchen, dem Mädchen die Mutter zu sein, die es nie gekannt hat.«
»Lucie«, sagte Rose, »ich glaube, am liebsten möchtest du die Mutter aller Menschen sein, die es auf der weiten Welt gibt.«
Ich mußte lachen, weil sie das so ernsthaft sagte, aber – ich kann es nicht leugnen – es machte mich auch stolz. Tatsache ist, daß Rose über ihren eigenen Sohn Charlie keinerlei Macht besitzt und sich immer wundert, mit welcher Leichtigkeit Richard, Bettina und ich unsere kleinen Probleme lösen. Dafür genügt ein Gespräch unter vier Augen. Zum Beispiel ein paar Worte zu Richard, er solle Jenny lieber allein lassen beim Geschirrspülen und nicht vergessen, daß sie für ihre Arbeit bei uns bezahlt werde und deshalb respektiert werden müsse – nun, mehr war nicht nötig.
Als Bettina ihre Freundschaft mit Matthew Chaves begann, hatte ich eine Zeitlang Angst, es könnte auf Richard einen schlechten Einfluß haben, weil er so beeindruckt war von Matthews scharfer Zunge und lässigen Manieren. Und wenn ich nicht ein ernstes Wort mit Richard gesprochen hätte, wäre es

wahrscheinlich so schlecht ausgegangen, wie ich befürchtete.
»Dick«, sagte ich, »ich wünsche, daß du dich gegen Matthew so höflich und rücksichtsvoll benimmst, als wäre er ein Mann aus unseren Kreisen, der gewohnt ist, gut zu leben. Aber er kommt aus einem New Yorker Slum, mußte sich schwer durchkämpfen, bis er es soweit gebracht hat, und es ist unsere Pflicht, ihm durch unser Beispiel zu helfen. Stoß dich nicht daran, wie er sich anzieht und redet und sich benimmt, sondern zeig ihm durch dein Beispiel, wie man sich richtig benimmt, dann handelst du wie ein wahrer Gentleman!«
»Aber er sagt, solche Dinge seien nicht wichtig, Mutter«, erklärte Dick. »Er sagt . . .«
»Du mußt mit ihm nicht darüber reden«, sagte ich zu ihm. »Das einzige, was du tun kannst, ist, ihm zu zeigen, wie ein Gentleman sich benimmt. Wenn etwas ihn zu der Einsicht bringen kann, wie schlecht er zu Bettina paßt, so ist es das. Meinst du nicht auch, Liebling?«
Denn das war die andere Last, die ich seit vielen Monaten zu tragen hatte. Katherine Ballou hatte nicht nur auf die denkbar übelste Weise von Harrys Leben Besitz ergriffen, sie hatte auch Matthew Chaves in Bettinas Leben gebracht. Und Bettina, ein Kind, das hätte angespornt werden müssen, jedes kleine gesellschaftliche Vergnügen zu besuchen, bei dem junge Männer anwesend waren, war auf diesen Mann geflogen, als hätte ich sie nur dafür alle die Jahre mit so vieler Mühe erzogen.
»Ich stamme von der Westseite Manhattans«, hatte Matthew mir einmal aufrichtig erzählt, »von der Westseite, gleich am Wasser. Und, so seltsam es klingen mag, ich fand immer, daß dort die gleichen Leute leben, die man überall sonst auch findet. Einfache Durchschnittsmenschen, gute und schlechte, aber nicht weiter interessant.«
Als wäre ich nicht schon mit Harry durch dieses Viertel gefahren und hätte mit eigenen Augen gesehen, daß es einfach ein großes Five Corners ist, nur hundertmal größer und elender! Oder als läse ich nicht die Zeitung, um genau zu wissen, wie es dort zugeht! Ich glaube, das war es, was ihn so störte: Daß ich ihn und seine Art und seine Herkunft mit so nüchternen Augen sah und nicht mit verschlossenen Augen wie meine Tochter.

Was sah sie nur in ihm? Ich möchte fast sagen, genau das, was manche Mädchen in Five Corners in den jungen Männern sehen, die in unzüchtiger Absicht an den Drugstorefenstern und in den Hauseingängen herumlungern. Es war eine rein sinnliche Anziehung. Eine andere Mutter würde es sich vielleicht nicht eingestehen, daß ihre eigene Tochter nicht anders ist als die Schlampen von Five Corners und unten im Fährenviertel. Aber ich ziehe es vor, den Tatsachen ins Gesicht zu schauen. Ich tat es immer, und ich werde es immer tun.

Das Blut meldete sich wieder, das gleiche Blut, das den alten Mann in seiner Jugend in einen Skandal verwickelte, das Harry zu einer Frau wie Katherine Ballou trieb. Dieses gleiche Ayres-Blut rebellierte auch in Bettina. Alle hatten sie es, mit Ausnahme von Richard.

Was kann eine Mutter schon tun, wenn ihre Tochter sich in einen Mann wie Matthew Chaves verliebt? Sie kann dem Mädchen zureden, sie kann auch mit dem Manne reden, aber ebensogut könnte sie mit dem Kopf gegen eine Steinmauer rennen. Das Schlimmste ist, daß Bettina fast keine anständigen junge Männer kennengelernt hat, daher fehlt ihr jede Möglichkeit zu vergleichen.

Ich dachte die ganze Zeit, wenn nur Harry mir in meinem Kampf beistände. Harry sagte jedoch, es sei *ihr* Leben! *Ihr* Leben, hat man so etwas schon gehört?

Aber ich hatte allein weitergekämpft, und die Tatsache, daß Bettina an diesem Morgen die Augen aufgingen, was für ein Mann ihr Vater war, konnte bedeuten, daß ich den Sieg erringen würde. Als sie im Badezimmer am Waschbecken stand, ihr Haar in lange Zöpfe geflochten, mit glänzenden Augen, glich sie so sehr dem kleinen Mädchen, das sie vor Jahren war, daß ich hätte weinen können. Vielleicht hat mir das die Kraft gegeben, geradeheraus zu sagen: »Ich habe jetzt genug ausgestanden! Seine Grobheit, seine Gemeinheit, alles habe ich geschluckt, und nun habe ich es satt. Und von einer Heirat will ich kein Wort hören!«

»Aber gerade darüber möchte ich mit dir sprechen«, sagte sie und sah aus, als wolle sie gleich weinen, und mir tat das Herz weh um sie.

»Nun, es ist deine Sache, das auf der Stelle in Ordnung zu

bringen. Er muß unser Haus sofort verlassen und soll sich ja nicht noch einmal blicken lassen!« Genau diese Worte sagte ich zu ihr, und ich sagte sie mit einem Gefühl der Erleichterung, weil ich endlich dazu gezwungen worden war.
»Wenn es darauf ankommt, gehe ich mit ihm«, sagte sie.
»Wohin?« fragte ich. »In das muffige kleine Zimmer, oben im Fährhaus?«
»Gewiß, wenn er das wünscht«, sagte sie. So dankte mir meine feine junge Dame für die zweiundzwanzig Jahre Liebe und Aufopferung.
»So«, sagte ich, »damit er faul herumliegen und seine Bücher lesen kann, während du den ganzen Tag arbeitest, damit ihm nichts abgeht.«
»Auch das werde ich tun«, sagte sie, und das gab mir einen richtigen Schock. Wenn eine Frau nicht zu stolz ist, so zu reden, was ist ihr dann noch geblieben?
»Du wirst nichts Derartiges tun«, sagte ich, »weil er nur eines von dir haben will, und zwar das, was jeder Mann von einer Frau haben möchte. Und wenn er das gehabt hat, wird er sich eine andere kleine Närrin suchen, mit der er das gleiche Spiel von vorn beginnen kann!«
Sie starrte mir ins Gesicht, mit dem gleichen Ausdruck, den der alte Mann ein paarmal bekam, als er sehr zornig war. »Was läßt dich glauben, daß er das nicht schon längst von mir gehabt hat?«
Mir schlug das Herz bis zum Hals, doch als ich sie anschaute, wußte ich, daß es nur so dahingesagt war. Ein Gerede, nicht mehr. Ich holte aus und gab ihr eine Ohrfeige, wie sie keine mehr gekriegt hatte, seit sie kein Lätzchen mehr trug. »Damit du mir nie mehr Grund gibst, so etwas zu vermuten«, sagte ich. »Damit du nie mehr wagst, so zu reden!« Und dann mußte ich mich am Rand des Waschbeckens halten, so fertig fühlte ich mich. Und da wußte ich, daß ich ihr sagen mußte, wie es mit ihrem Vater stand.
Also sagte ich es ihr. Es ist die Frau, die Gattin und Mutter, die das Heim bereitet und es verteidigen muß. Der Mann aber kämpft eigensinnig dagegen an und verrät es. Es sei denn, er wäre ein Mann wie ihr Bruder, ein Mann aus guter Familie und mit guter Erziehung, der weiß, was seine Pflicht ist. »Kein

Mann wie Matthew«, sagte ich. »Oder – wie dein Vater.«
Ihr Gesicht glich dem einer Tauben, die etwas zu hören und zu verstehen versucht. »Nein«, sagte sie. »O nein!«
»Ja«, sagte ich, »schon seit einem Jahr. Mit Katherine Ballou. Während der kleinen Reisen nach New York, wenn er angeblich so dringende geschäftliche Verabredungen hat. O ja, so ist es, schon seit einem Jahr, und vielleicht auch noch länger.«
»Nein«, sagte sie mit einer ganz hohen Stimme, als wolle sie sich einreden, es könne unmöglich wahr sein. »Vater hat ein Verhältnis mit ihr?«
Es war ein Wunder an Glück, daß ich den Verstand hatte mit ihr zu sprechen, bevor Matthew beim Frühstück so zu reden begann, wie er es dann tat, weil es nun wie ein Bumerang auf ihn zurückfiel und ihn selbst verletzte. Und die Art, wie sie reagierte, als er zu ihr hinaufging, um ihr Katherine Ballous Tod mitzuteilen, bewies mir, daß sie zur Vernunft gekommen war.
Es war auch höchste Zeit.

6

Als Morten Ten Eyck zum Polizeivorstand ernannt wurde, erfuhr ich von Rose McIntyre – Howie McIntyre war damals im Stadtrat –, daß er gewählt wurde, weil es ihm finanziell sehr schlecht ging. Das war im gleichen Jahr, als der alte Mann sich das Leben nahm. Es waren natürlich sehr harte Zeiten für uns alle, und Hibbards neue Filiale hatte das alte Ten Eyck-Geschäft völlig an die Wand gedrückt, daher war es sicher das Vernünftigste. Die Stadt bekam einen guten, achtbaren Polizeichef, der mit jedem Cent zu rechnen verstand, und Mortens Familie hatte wenigstens wieder Essen auf dem Tisch.
Morten Ten Eyck war Holländer durch und durch; er hatte eine vierschrötige Gestalt und die blassen Augen, die keine wirkliche Wärme und Freundschaft aufkommen lassen. Zudem war er schrecklich altmodisch, genau wie manche andere holländische Familien, wie zum Beispiel die Ten Broecks und die Van Meers, die manchmal herumliefen, als lebten wir

nicht im Jahre 1951 sondern dreihundert Jahre früher, und jedenfalls nicht nur drei Stunden von New York entfernt.

Meiner Meinung nach hatte vor allem Mortens altmodische und knausrige Art sein Geschäft zugrunde gerichtet, und es muß für May, seine Frau, die glaubte, sie habe sich Geld und Stellung erheiratet, ein harter Schlag gewesen sein, als über Nacht alles zerronnen war und nichts blieb als ein Haus voller Kinder, während Morten selbst kaum genug nach Hause brachte, um sie ordentlich aufzuziehen. Natürlich hat niemand von May je Klagen gehört, so begreiflich das auch wäre.

Übrigens hat auch von Morten nie jemand Klagen gehört, und Harry erzählte mir einmal, daß er im *Rotary-Club* sehr beliebt sei und viel Sinn für Humor zeige, worauf ich erklärte, jeder Mann, der davon abhängig sei, daß der Stadtrat alle fünf Jahre seinen Vertrag erneuerte, würde versuchen, sich im *Rotary-Club* beliebt zu machen, weil mehrere prominente Stadträte dort Mitglied sind. Aber ich muß zugeben, daß er ein guter Polizeichef ist, stets darum bemüht, sich für das bessere Element der Stadt einzusetzen, und darauf kommt es natürlich vor allem an.

Da er für seine Knauserigkeit bekannt ist, war es keine Überraschung, ihn im Ambulanzwagen vom Sutton-Krankenhaus vor Nr. 159 vorfahren zu sehen, statt im amtlichen Polizeiwagen, denn so fuhr er auf Kosten des Krankenhauses statt der Polizei. Vorn saßen der Fahrer und ein Polizist, auf dem Rücksitz Morten und Dr. Greenspan, der Polizeiarzt. Erfreulicherweise kamen sie ohne Sirenengeheul vorgefahren, vermutlich weil es Sonntag war und natürlich aus Rücksicht auf die Nachbarschaft in der Nicholas-Street.

Den Fahrweg herauf kamen sie alle zu Fuß, und als ich etwas davon verlauten ließ, wie lang sie gebraucht hätten, sagte Morten in seiner lästig langsamen Art: »Nun, wir waren alle gerade dabei, uns zum Fußballspiel fertigzumachen«, als stehe er vor Gericht und müsse etwas sehr Wichtiges bezeugen.

»Ja, Morten ...«, sagte ich, ein wenig verdrießlich, muß ich zugeben, »es ist wirklich zu dumm, daß die arme Seele nebenan daran nicht gedacht hat, als sie sich zu Tode stürzte.«

Davon nahm er natürlich keine Notiz, er blinzelte mich nur an. »Haben Sie sie gefunden?« fragte er. »Ich meine, die Leiche?«

Wie der Blitz meldete sich Jenny! »Ich habe sie gefunden«, sagte sie. »Ich habe den Auftrag, den Warmwasserboiler anzuheizen, und als ich ins Haus kam, lag sie da! Es war schrecklich. Sie lag da wie . . .«
»Sie war tot«, sagte ich. »Ich ging nur ein paar Minuten später hinüber und sah sie selbst.«
Morten tat einen tiefen Atemzug. »Also gut«, sagte er zu Jenny. »Sie warten hier. Oder drüben im Haus. Und Sie auch, Lucie, dann kann ich gleich meinen Bericht abfassen. Inzwischen wollen wir uns die Sache mal anschauen.«
So gingen er und Dr. Greenspan und der Fahrer und der Polizist miteinander in Nr. 159, und als ich merkte, daß der Anblick des Ambulanzwagens vor dem Haus immer mehr Wichtigtuer herbeilockte, nahm ich Jenny und Bettina am Arm, und wir gingen in unsere Küche. Meiner Meinung nach konnte es höchstens ein paar Minuten dauern, bis sie Katherine Ballous sterbliche Überreste aus dem Keller und damit ein für allemal außer Sichtweite gebracht hatten.
Aber es wurde eine lange, quälende Stunde für meine Nerven, bis die Männer endlich drüben aus der Seitentür traten. Dann blieben sie alle stehen, während der Fahrer und der Polizist den Ambulanzwagen holten und den Leichnam hineintrugen. Als der Wagen fortfuhr, blieb nur Morten zurück; er schaute mit Harry und Matthew Chaves dem Wagen nach, bis er nicht mehr zu sehen war, und dann kamen die drei in unsere Küche. Es entstand ein etwas verlegenes Schweigen, als Morten uns alle der Reihe nach anschaute, bis er schließlich sagte: »Wir haben etwas sehr Wichtiges zu besprechen. Wenn es Ihnen recht ist, gehen wir lieber in ein Zimmer, wo die Leute nicht durchs Fenster hereinschauen . . .«
»Wichtiges?« fragte ich. »Was meinen Sie damit?«
»Nun«, sagte Morten, »es sind noch ein paar Dinge zu klären. Ich möchte sie lieber ganz privat klären, in Ihrem Interesse, Lucie, und in dem der andern, die hier anwesend sind.«
»Morten«, sagte ich sehr bestimmt, »nachdem Sie alles so schön erledigt haben, gibt es sicher nichts mehr, was so wichtig ist, daß wir deswegen den Gottesdienst versäumen. Wenn Sie nichts dagegen haben . . .«
»Ich habe noch nicht alles erledigt«, unterbrach mich Morten.

»Und ich glaube, Sie müssen für diesmal auf den Gottesdienst verzichten, Lucie. Die übrigen Anwesenden auch.« Dabei schaute er uns wieder alle der Reihe nach an.
Ich ließ mich nicht aus der Ruhe bringen, auch nicht, als ich daran dachte, daß sowohl das Eßzimmer wie das Wohnzimmer noch nicht aufgeräumt waren, was meiner Haushaltführung ein entzückendes Zeugnis ausstellte, und Morten würde es natürlich brühwarm seiner May erzählen. Aber ich marschierte trotzdem ins Wohnzimmer und ließ mich in einen Sessel fallen und überließ es den andern, hinterherzukommen und es sich so behaglich zu machen, wie sie es in dem Durcheinander konnten. Matthew setzte sich in die Sofaecke, und zu meiner Freude nahm Bettina am andern Ende des Zimmers auf dem harten Stuhl Platz, der dort stand. Dann setzte sich Harry neben Matthew auf das Sofa, und Morten ließ sich auf dem Klavierstuhl, den er an den Tisch zog, nieder. Jenny, die sich nie etwas entgehen läßt, kam natürlich auch herein, blieb aber abwartend in der Nähe der Tür stehen, mit einem raschen Seitenblick auf mich, ob ich es wohl bemerkte.
»Jenny«, sagte ich zu ihr, natürlich sehr freundlich, »du hast sicherlich gehört, daß Mr. Ten Eyck sagte, er möchte mit uns ganz privat sprechen. Geh also jetzt in die Küche und schließ die Tür.«
Sie wollte schon kehrtmachen, da deutete Morten mit dem Finger auf sie. »Nein«, sagte er. »Sie bleiben hier, junge Dame. Und es wäre besser, wenn Sie sich setzten. Es wird wahrscheinlich eine Weile dauern.«
Das ist die richtige Art, einem jungen Mädchen Flausen in den Kopf zu setzen. »Morten«, sagte ich deshalb nachdrücklich, »Jenny hat alle Hände voll zu tun.«
»Die Arbeit kann warten«, sagte er, und ich hörte ihn im Geist genauso zu seiner Frau sprechen, wenn sie sich die Ärmel aufgerollt hat, um an *ihre* Hausarbeit zu gehen. Aber die Art, wie er sich betrug, brachte mich zu dem Entschluß, von nun an den Mund zu halten, als sei er vernagelt.
»So«, sagte Morten und schaute uns rundum alle an, »jetzt möchte ich mich mit Ihnen über die Angelegenheit nebenan etwas unterhalten und dann vielleicht noch ein paar Fragen stellen.«

Er griff in seine Rocktasche und zog ein paar Gegenstände hervor, die er säuberlich auf dem Tisch vor sich ausbreitete. Einer davon war der Türgriff, den Katherine Ballou in der Faust gehalten hatte, und bei seinem Anblick überlief mich eine Gänsehaut. Außerdem lag da noch ein kleiner Holzsplitter, eine graue Sämischledertasche und ein zerknittertes Stück Papier, das er sorgfältig glättete und einmal faltete, bevor er es hinlegte.

»Das sieht fast so aus, als wollte ich Ihnen eine Art Zauberkunststück vorführen«, begann Morten, »und vielleicht könnte man es sogar so nennen. Denn diese kleinen Gegenstände hier verändern das Bild von nebenan, je nachdem, ob wir es flüchtig oder genau betrachten. Das erste Bild ist das einer jungen Dame, die allein in ihrem Haus ist und aus irgendeinem Grund in den Keller hinuntergehen mußte. Doktor Greenspan sagt, sie sei schon mindestens sechs bis acht Stunden tot, vielleicht auch länger. Das bedeutet, daß sie in der Zeit zwischen ein und drei Uhr nachts in ihren Keller gegangen sein muß. Das ist eine etwas seltsame Zeit für eine junge Dame, um in den Keller zu gehen, aber wir fanden heraus, daß diese junge Dame gestern sehr spät nach Hause kam und sie manchmal die ganze Nacht durch an ihren Bildern malt. So können wir annehmen, daß sich im Keller vielleicht etwas befand, was sie zu ihrer Arbeit brauchte. Weil sie Schuhe mit sehr hohen Absätzen trug, kam sie ins Stolpern und fiel gleich oben an der Treppe, neben der Lattentür. Sie hielt sich am Türgriff, aber der Griff blieb in ihrer Hand; sie stürzte die ganze Treppe hinunter und fiel sich dabei zu Tod.«

Harry bedeckte bei dieser Schilderung das Gesicht mit den Händen, aber Morten schenkte ihm keine Aufmerksamkeit, sondern blickte geradeaus zu mir. »Das ist das eine Bild«, sagte er.

»Genauso hätte ich es erklärt, wenn mich jemand gefragt haben würde«, sagte ich. »Nur hätte ich dabei nicht fünf Leute um mich herumsitzen lassen wie die Ölgötzen, um mich wichtig zu machen.«

Morten schüttelte bedächtig den Kopf. »Gut! Dann passen Sie auf, was jetzt mit diesem Bild geschieht«, sagte er. Er zeigte mit dem Stiel seiner Pfeife auf den Griff der Lattentür. »Den

hielt die junge Dame in der Hand, und nun möchte ich Sie fragen, Lucie, ob sie es nicht seltsam finden, daß jemand, der eine lange Treppe hinunterfällt, so etwas in der Hand behält, obwohl er doch beide Hände braucht, um den Sturz aufzuhalten? Und dazu kommt noch, daß diese junge Dame unmöglich den Griff aus der Tür reißen konnte! Ich habe mir die Tür angeschaut; sie ist aus gutem Holz, genau wie meine eigenen Lattentüren. Es muß jemand sehr stark sein, um den Griff auch nur zu lockern. Jemand, der so stark ist«, er deutete mit seiner Pfeife auf das kleine Holzstück auf dem Tisch, »daß er sogar ein Stück Holz mit herausreißen kann.«
»Er?« fragte ich. »Der Griff war doch in *ihrer* Hand.«
»Gewiß, und das ist der Punkt, an dem Dr. Greenspan einhakt«, sagte Morten. »Er fand den Handrücken der Dame voll blauer Flecken, als ob sie sich an den Griff geklammert und den Rücken ihrer Hand gegen die Tür gepreßt hätte. Auch an ihrer Schulter und ihrem Arm fanden sich blaue Male, als hätte eine Hand an ihr gezerrt, während sie sich an den Griff klammerte.«
Er hob abwehrend die Hand, um mich am Sprechen zu hindern. »Wenn Sie sagen wollen, diese blauen Male rührten wohl von ihrem Sturz her, so können Sie sich die Worte sparen, Lucie. Diese blauen Male sind Fingerabdrücke. Die Frau hat sich den Hals gebrochen, und zwar meines Erachtens nicht erst am Fuß der Treppe, sondern schon oben auf dem Treppenabsatz. Ich denke, daß Sie nun sehen, wie sich das Bild verändert. Statt einer jungen Dame, die in den Keller hinabsteigen will, sieht es eher aus, als hätten wir eine junge Dame und außerdem einen sehr starken Mann, und vielleicht wollte sie gar nicht in den Keller. Keinesfalls auf diese Art.«
Vielleicht war das die Art von Humor, die Harry so bemerkenswert fand, wenn sich Morten im *Rotary-Club* damit hervortrat, aber ich konnte in diesem Augenblick nichts Lustiges daran finden.
»Sie meinen also, sie sei umgebracht worden«, sagte Bettina entsetzt. »Es sei gar kein Unfall gewesen, sondern Mord?«
Es war leicht zu sehen, daß ihre Augen, obwohl sie es nicht wollte und sogar dagegen kämpfte, zu Matthew Chaves auf dem Sofa schweiften. Sie saß da, die Hände im Schoß gefaltet,

mit zusammengepreßten Lippen, und ihre Augen ruhten beständig auf Matthew, und erst als Morten zu ihr sagte: »Ich fürchte, Sie haben recht, Bettina. Es ist kein Unfall gewesen, sondern sie wurde von jemand ermordet«, blickte sie rasch weg.

Sie wollte etwas sagen, aber es blieb ihr im Hals stecken, und als Morten sie verwundert anschaute, räusperte sie sich laut und dann brachte sie mühsam heraus: »Sie meinen, ein Landstreicher. Es war sicher ein Landstreicher.« Sie sagte es so ohne allen Ausdruck, als lese sie den Kindern in ihrer Klasse den Satz »Ich habe eine Katze« vor.

Morten nagte an den Lippen, rieb mit dem Finger an der Nase entlang, schaute hinauf zur Decke und sagte schließlich: »Schön, Bettina, nehmen wir mal an, es sei ein Landstreicher gewesen. Stellen Sie sich vor, daß Sie selbst der Landstreicher sind, ein großer kräftiger Bursche von Five Corners, der gehört hat, daß das Haus dieser Dame sehr oft leer steht und sie viel Geld hat, und der nun denkt: Da will ich mal hingehen und ein bißchen ausräumen. Jetzt sind Sie im Haus, und auf einmal merken Sie, daß die Dame da ist, und weil Sie nun Angst bekommen, bringen Sie sie um. Doch bevor die Dame Sie entdeckt, und nachdem sie tot ist, können Sie in dem Haus machen, was Sie wollen. Und in der Küche, drei Stufen abwärts vom Treppenabsatz, wo die Seitentür ist, liegt auf dem Tisch vor Ihnen das da.« Morten ergriff die Sämischledertasche und leerte alles, was darin war, auf den Tisch.

Es müssen mindestens ein Dutzend Schmuckstücke gewesen sein, und alle sahen sehr kostbar aus. Ich entdeckte den Ring mit dem Smaragd, den die Ballou gewöhnlich trug, einen andern Ring mit einem riesigen Brillanten und ein paar Ohrringe mit großen Perlen. Dann raffte Morten alles wieder zusammen und stopfte es in die Tasche hinein.

»Und gleich daneben liegt ein Paar Damenhandschuhe, und neben denen liegt eine Brieftasche mit etwa fünfhundert Dollar, lauter schöne neue Scheine. Nun sagen Sie mir, Bettina, würden Sie als Landstreicher fortgehen und diese kleine Tasche und das Geld in der Brieftasche auf dem Küchentisch liegen lassen?«

»Wenn ich große Angst hätte«, sagte Bettina. »Wenn ich

wüßte, ich hätte jemand umgebracht . . .«
»Oh«, warf Morten ein, »aber als Sie in das Haus gingen, wußten Sie doch, daß Sie ein Einbrecher sind, und Sie wußten, daß Sie Geld und Schmuck suchten.«
»Aber jemand umzubringen, ist etwas anderes!« sagte Bettina zornig. »Wenn mir das passiert wäre, hätte ich nur noch den einen Gedanken, davonzulaufen. So weit, wie ich könnte, und so rasch, wie ich könnte, nur fort. Was läge mir dann noch an Geld oder an Juwelen!«
Die Art, wie sie das herausschrie, als wäre für sie das alles wirklich und wichtig, und nicht nur Mortens gewohnte umständliche Art, zu einem Entschluß zu kommen, überraschte mich sehr. Doch dann begriff ich. Sie wollte um jeden Preis alles tun, was helfen konnte, Matthew so weit wie möglich aus dem Bild zu halten. Wenn sie gekonnt hätte, wäre sie auf die Straße hinausgelaufen, um irgendeinen elenden unschuldigen Vagabunden aufzutreiben, und wenn er bereit wäre zu sagen, er habe es getan, so würde sie ihm auf der Stelle ihre Seele verkaufen! Man denke – meine Tochter!
»Bettina«, sagte ich zu ihr, »sprich bitte nicht so laut!« Und dann sagte ich zu Morten: »Soweit ich sehen kann, Morten, wollen Sie uns klarmachen, daß jemand, der es sich in den Kopf setzte, das Haus nebenan auszurauben, es auf alle Fälle auch getan haben würde. Und ich muß sagen, ich sehe nichts, was dagegen einzuwenden wäre.«
Er nickte mir erfreut zu, wie ich es erwartet hatte. Morten gehört zu den Männern, die es nicht fertigbringen, mit dem, was sie sagen wollen, gleich herauszurücken, sie müssen es stückweise tun, als bauten sie ein Haus, Stein um Stein. Und Bettinas Antwort ließ ihn sozusagen mit einem Stein in der Hand stehen, ohne einen Platz, wo er ihn ablegen konnte. Da mischte sich Matthew Chaves plötzlich ein.
»Es gibt auch noch andere Motive, um in das Haus einzubrechen«, sagte er.
»Ja?« fragte Morten.
»Eine sehr anziehende Frau, ganz allein in einem Haus . . .« Ich wußte nicht, worauf er hinaus wollte, bis ich sah, daß Morten rot wurde und dann einen hastigen Blick auf Jenny, Bettina und mich warf, um festzustellen, wie wir das aufnahmen.

»Ganz richtig«, sagte Morten schließlich etwas verlegen, »das ist ein Punkt, den man in einem solchen Fall immer in Betracht ziehen muß, aber ich glaube, es hat sich hier so wenig darum gehandelt wie um Raub, und ich werde Ihnen beweisen, warum.«
Er drehte sich zu Jenny um, die sich steil in ihrem Stuhl aufrichtete und zu Tode erschrocken aussah. »Als Sie das Haus betraten, um den Boiler in Gang zu setzen, gingen Sie da zur Seitentür hinein?« fragte er.
»Ja«, sagte Jenny so leise, daß man es kaum hören konnte.
»War sie verschlossen?«
»Ich habe einen Schlüssel«, sagte Jenny. »Miss Ballou hat ihn mir gegeben.«
»Aber mußten Sie den Schlüssel benutzen?« Morten fragte das in so scharfem Ton, daß das arme Mädchen aussah, als wolle es in Tränen ausbrechen. »Sind Sie sicher, daß Sie den Schlüssel benutzen mußten?«
»O ja. Das Schloß geht so schwer, es ist irgendwie altmodisch. Ich mußte lange daran drehen und an der Tür rütteln, bis sie aufging.«
»Heute morgen?«
»Das erzählte ich Ihnen ja gerade, Mr. Ten Eyck«, sagte Jenny. »Es war schlimmer als je heute morgen. Ich ...«
Morten schnitt ihr mit einer Handbewegung das Wort ab. Dann schaute er uns an. »So«, sagte er, »nun wollen wir das Bild ein wenig genauer betrachten. Es gibt in dem Haus zwei Türen. Die Vordertür war geschlossen und verriegelt, die Seitentür war geschlossen. Alle Fenster im Haus waren sorgsam verriegelt. Das weiß ich genau, denn ich habe jedes einzelne selbst kontrolliert. Aber es war jemand im Haus mit der Dame, jemand, der nicht einbrechen mußte, sondern wie ein Gentleman hineinspazieren konnte.«
»Oder wie eine Dame«, warf Matthew sehr freundlich ein.
Morten betrachtete ihn nachdenklich über den Brillenrand hinweg.
»Warum sagen Sie das?« fragte er schließlich.
»Weil es jemand getan haben muß, der stark ist, glauben Sie offenbar, es könnte nur ein Mann gewesen sein«, erwiderte Matthew in seinem ekligsten Ton. »Aber ich habe in meinem

Leben schon bemerkenswert starke Frauen gesehen.«
»So?« sagte Morten mit mehr Geduld, als ich sie aufgebracht hätte; das kann ich wohl sagen.
»Eine Frau, die außer sich ist vor Wut oder vor Angst, kann so stark sein wie ein Mann, zumindest lange genug, daß sie eine Menge Schaden anrichten kann«, sagte Matthew. »Und das ist nicht bloß Theorie, lieber Freund.«
Morten überdachte das eine Weile, und dann schaute er Matthew so feierlich an wie eine Eule. »Wenn ich hier fertig bin«, sagte er, »werde ich sogleich feststellen, ob irgendein verrücktes Weibsbild aus dem Irrenhaus ausgebrochen ist.« Mit tiefer Befriedigung sah ich, daß Matthew sich auf die Lippen biß und so finster dreinschaute wie eine Gewitterwolke.
Morten schüttelte den Kopf. »Nein«, sagte er, »ich glaube, wir können ruhig annehmen, daß es ein Mann war, und wir können auch annehmen, daß dieser Mann auf eine von drei Arten ins Haus kam.«
Er hielt zur Veranschaulichung drei Finger in die Höhe. »Erstens, er begleitete die Dame, als sie hereinkam. Zweitens, es war jemand, der sie so gut kannte, daß sie ihn, als er klopfte oder klingelte, ohne weiteres einließ. Drittens, es war jemand, der einen Schlüssel zur Seitentür besaß. Nun«, fuhr er fort, »hat jemand von Ihnen eine Ahnung, welche der drei Arten es gewesen sein kann?«
Eine Ahnung? Ich hatte an meinem Schlafzimmerfenster gestanden und hörte die *Jackson-Avenue-Kirche* Mitternacht schlagen, als der große Cadillac in den Fahrweg einbog und seine Scheinwerfer mich einen Augenblick lang blendeten. Ein Gedanke hatte mich in diesem Augenblick durchzuckt, der jetzt wiederkehrte und so schwer abzuschütteln war wie gestern nacht der Strahl der Scheinwerfer.

7

Ich machte schon den Mund auf, schloß ihn jedoch wieder, ohne zu sprechen. Aber Morten hatte das genügt; rasch wie der Blitz wandte er sich an mich. »Sie wollten etwas sagen, Lucie?«

»Nein«, sagte ich, und dann fügte ich leise hinzu: »Oder ja. Ja, Morten. Ich glaube, ich muß es sagen, da ich oben am Schlafzimmerfenster stand, als Miss Ballou etwa um Mitternacht heimkam. Und ich bin sicher, im Wagen saß ein Mann neben ihr.«

»Erkannten Sie den Mann?« fragte er. »Wer ist es gewesen?«

Ich erklärte ihm, daß es bei der rücksichtslosen Art, wie die Frau um die Kurve gejagt war, und bei dem blendenden Scheinwerferlicht ganz unmöglich gewesen wäre, etwas genau zu erkennen. »Trotzdem bin ich sicher«, sagte ich, »daß neben ihr ein Mann saß. Ohne Jacke, nur in Hemdärmeln. Das weiß ich ganz genau.«

»Und Sie haben keine Ahnung, wer es war?« fragte Morten.

Alle hatten sich aufgerichtet und starrten mich an, mit Ausnahme von Matthew Chaves, der behaglich zurückgelehnt im Sofa saß; ein leichtes Lächeln spielte um seine Lippen.

»Vielleicht habe ich eine Ahnung«, sagte ich.

Morten sah aus, als wolle er gleich explodieren. »Wer ist es also gewesen?«

Matthew blies eine große Rauchwolke aus. »Ich nehme an«, sagte er überaus höflich, »Mrs. Ayres haßt es, einen Gast zu kränken, aber ich glaube, sie spielt auf mich an. Stimmt's, Mrs. Ayres?«

»Mag sein«, sagte ich angewidert, »aber ich wäre Ihnen dankbar, wenn Sie nicht vergäßen, daß Sie selbst es gesagt haben.«

»Soll das heißen, daß Sie bei der Dame im Wagen waren, als sie gestern nacht heimfuhr?« fragte Morten Matthew in strengem Ton.

»So ist es«, erwiderte Matthew, und seine Stimme klang kühl und beherrscht. »Ich traf sie, als sie mit der Fähre übersetzte, und sie bot mir an, mich mitzunehmen. Aber ich bin nicht mit ihr ins Haus gegangen. Wir plauderten eine Weile im Wagen, und dann brachte sie den Wagen in die Garage und ging allein ins Haus.«

»Allein?« fragte Morten, und Matthew antwortete mit einer leichten Schärfe im Ton:

»Ganz allein.«

»Oh«, sagte Morten, »wie schade, daß die Dame nicht selbst hier anwesend ist, um das zu bestätigen. Obgleich das alles

dann nicht notwendig wäre, nicht wahr?«
»Wenn Sie mir damit zu verstehen geben wollen, es sei besser für mich, wenn ich plötzlich einen Zeugen aus meinem Hut zaubern könnte, so muß ich Ihnen wohl den Gefallen tun«, sagte Matthew und richtete seinen Blick auf Bettina, die unbeweglich dasaß. »Betty, habe ich die Wahrheit gesagt?«
Ich habe in einer Wochenschau gesehen, wie die Zuschauer einen Tennisball beobachten, der über das Netz geschlagen wird – alle Köpfe gehen hin und her, als seien die Leute hypnotisiert. So etwa müssen wir ausgesehen haben, denn alle Köpfe wandten sich gleichzeitig Bettina zu.
Sie blickte Matthew an, dann schaute sie weg, als hasse sie seinen Anblick, und sagte leise: »Ja.«
Ich konnte mir Mortens Gefühle gut vorstellen. Er war ganz hübsch vorwärtsgekommen, und nun hatte ihn Bettina wieder aus dem Konzept gebracht.
»Sie sagen also, Sie hätten die Dame allein ins Haus gehen sehen?« fragte er. Bettina nickte.
Er paffte eine ganze Weile an seiner Pfeife, dann sagte er plötzlich zu Bettina: »Wo waren Sie, als Sie das sahen?«
»In der Küche.«
»Um zwölf Uhr nachts?«
»Ich ...«, sie stockte, und man konnte sehen, wie Mortens Argwohn wuchs. Sie räusperte sich. »Ich hatte Hunger. Ich ging hinunter, um einen Bissen zu essen.«
»Und Sie haben gesehen, wie der Wagen vorfuhr?«
»Ja.«
»Und die Dame und der junge Mann hier haben sich unterhalten?«
»Ja.«
»Nun«, sagte Morten bissig, »vielleicht konnten Sie hören, was sie redeten?«
Bettina fuhr in die Höhe. »Ich weiß nicht, wovon sie gesprochen haben«, sagte sie zornig.
Man zieht ein Kind nicht zweiundzwanzig Jahre lang auf, ohne es von Grund auf zu kennen, und Bettina konnte nie eine Lüge erzählen, ohne daß ihr Gesicht es verriet.
»Bettina!« sagte ich.
Der Blick, den sie mir zuwarf, war wie ein Schlag ins Gesicht.

»Misch dich hier nicht ein!« sagte sie wütend. »Misch dich ja nicht ein!«
Ich öffnete schon den Mund um ihr zu sagen, was ich von ihrem Benehmen dachte, da machte Morten eine abwehrende Bewegung.
»Sie hörten also nicht, wovon sie sprachen«, sagte er zu Bettina. »Und was geschah dann?«
»Matt – Mister Chaves – stieg aus, und Miss Ballou fuhr den Wagen in die Garage. Als sie wieder herauskam, unterhielten sie sich noch eine Weile, und dann ging sie in ihr Haus.«
»Und der junge Mann?«
»Er kam zu mir in die Küche. Ich ließ ihn herein.«
»Oh?« sagte Morten und warf mir rasch einen Blick zu, als wolle er mich warnen, wozu er auch Grund hatte.
»Ich habe ihn gerufen«, sagte Bettina hastig. »Als sie draußen standen, kurz bevor sie hineinging, lehnte ich mich aus dem Fenster und rief seinen Namen. Deshalb kam er herein.«
Was bedeutete, wie ich sofort sah, daß er die Nacht hier unter meinem eigenen Dach verbracht haben mußte. Es war natürlich nicht zum erstenmal, aber es war bestimmt das erstemal, daß er das gewagt hatte, ohne mich vorher um Erlaubnis zu fragen. Und dann durchfuhr mich der schreckliche Gedanke, es sei vielleicht schon öfters der Fall gewesen, und ich hatte nichts davon gewußt.
Mortens Gesichtsausdruck war nicht zu mißdeuten; ich wußte genau, was in seinem Kopf vorging.
Deshalb sagte ich rasch: »Mister Chaves ist hier immer willkommen, Morten. Ich habe ihm erlaubt, jederzeit, wann es ihm paßt, bei uns hereinzuschauen.«
Morten sah drein wie ein Mann, dem bei Tisch eine sonderbare neue Speise vorgesetzt wird, und der nicht recht weiß, ob er davon nehmen soll oder nicht.
»Das ist ja alles sehr interessant«, sagte er zweifelnd zu Bettina, »aber es klingt ein bißchen . . .« er suchte nach einem passenden Wort ». . . ein bißchen rührend. Ein junger Mann ist in einer sehr mißlichen Lage, und dann findet sich jemand und erzählt eine Geschichte, die ihm aus der Bedrängnis hilft.« Er beugte sich vor. »Bettina, manchmal glauben wir, jemand einen Gefallen zu tun . . .«

»Wenn Sie denken, Bettina lüge, Morten, so kann ich Ihnen sagen, daß sie das nicht tut«, unterbrach ihn plötzlich Harry.
Morten schaute ihn an. »Nein?«
»Nein. Ich kam ein wenig später nach Hause, und als ich den Wagen wegbrachte, sah ich, daß sie und Matthew am Küchentisch saßen und sich unterhielten.«
»So«, sagte Morten, und alles an ihm drückte Enttäuschung aus.
Ich für meinen Teil war wütend auf Harry. Ehe er zuließ, daß man seine Tochter verdächtigte, sie habe gelogen, schritt er lieber ein und sorgte dafür, daß ihr Ruf in Fetzen gerissen wurde. Das war immer die Art der Ayres gewesen. Sie benutzten eine Sense, um sich den Bart zu schneiden.
»Gut«, fuhr Morten nach einer Pause fort, »dann müssen wir die Sache aus einem anderen Winkel betrachten. Wir wollen jetzt annehmen, daß niemand mit der Dame ins Haus ging, jedenfalls wissen wir nichts davon. Aber vielleicht können wir herausfinden, ob jemand an der Tür klopfte oder klingelte und sie ihn einließ. Weiß einer darüber Bescheid?«
Es entstand eine solche Stille, daß ich sie in meinen Ohren summen hörte. Morten wartete lange, dann schöpfte er tief Atem. »Niemand? Dann müssen wir uns wohl mit der letzten Möglichkeit befassen. Vielleicht hat jemand einen Schlüssel gehabt und verschaffte sich selbst Einlaß. Von *einem* Schlüssel weiß ich bereits«, er nickte Jenny zu, »es ist der Schlüssel, den Ihnen die Dame gab.«
Jenny machte große Augen. »Nein, so was!« rief sie. »Ich habe die ganze Nacht keinen Fuß vors Haus gesetzt! Wahrhaftig, ich schwöre . . .!«
»Und Sie hatten den Schlüssel die ganze Zeit bei sich?«
»Wenn Sie glauben, ich hätte diesen Schlüssel jemand gegeben, damit er hingehen und die arme Frau umbringen konnte, so täuschen Sie sich, Mr. Ten Eyck!« sagte Jenny entrüstet. »Wahrhaftig, ich . . .«
»Sind Sie die einzige, die einen Schlüssel hat?« fragte Morten in scharfem Ton, und Jenny schrumpfte vor meinen Augen in ihrem Stuhl zusammen. Kein Wunder, wenn er sie so anfuhr.
»Morten«, sagte ich, »wieso Sie erwarten, das Mädchen könne diese Frage beantworten, ist mir unerklärlich. Wenn Miss Bal-

lou den Wunsch hatte, ihren Hausschlüssel irgend jemand zu geben, so war das ihre eigene Angelegenheit . . .«
»Oh«, sagte er spöttisch, »dann soll ich wohl Miss Ballou danach fragen?«
»Reden Sie kein dummes Zeug!« sagte ich. In seiner holländischen halsstarrigen Art hatte er sich in etwas verbissen und würde es nicht wieder loslassen, bis er seinen Willen bekam.
»Weiß jemand von Ihnen etwas von weiteren Schlüsseln zu dieser Tür?« fragte er grimmig und wartete.
Daraufhin faßte Chaves in seine Tasche, zog einen Schlüsselring heraus und machte einen Schlüssel los.
»Ich habe einen«, sagte er und hielt ihn hoch. »Aber ich glaube, ich werde ihn jetzt nicht mehr brauchen«, fügte er gefühllos hinzu und warf den Schlüssel Morten zu.
Mortens Kinnbacken klappten zusammen wie eine Falle. Er blickte den Schlüssel an und dann Matthew. »Interessant«, sagte er. »Sehr interessant.«
»Ich habe ihn schon, seit ich Miss Ballou letztes Jahr zum erstenmal besuchte«, sagte Matthew. »Seit damals habe ich ihn nicht mehr benützt.«
»Und ich soll das glauben?« fragte Morten freundlich.
Matthew lächelte auf seine abgefeimte Art. »Ja«, sagte er kühl. »Aber um ganz ehrlich zu sein: meines Erachtens macht es nicht viel aus, ob Sie es glauben oder nicht.«
»So, so«, sagte Morten so nett und höflich, als handle es sich bloß um eine belanglose Unterhaltung. »Warum nicht?«
»Weil ich Sie für einen Mann halte«, erwiderte Matthew, »der mit einer Schlußfolgerung beginnt und ihn dann die Details anpaßt, um sie zu rechtfertigen. Und in diesem Fall sehe ich nicht ein, weshalb ein kleines Detail mehr oder weniger für Sie von Belang sein soll.«
Mortens Gesicht war himbeerrot, aber er beherrschte sich bewunderungswürdig. »Mister«, sagte er zu Matthew, »manchmal hat ein Mann das Gefühl, daß ihm die Leute beständig auf die Zehen treten. Manchmal stimmt das sogar. Aber wenn er klug ist, so weiß er, er braucht nur seine Beine nicht allen Leuten in den Weg zu stellen.«
»Ich werde daran denken«, sagte Matthew.
Morten achtete nicht darauf, sondern hielt den Schlüssel hoch,

damit wir alle ihn sehen konnten. »Ich möchte gern wissen«, sagte er, »ob noch jemand von Ihnen einen solchen Schlüssel hat.«

In meinem Kopf gingen die Gedanken wie ein Mühlrad. Es gab nämlich tatsächlich noch einen Schlüssel zu Katherine Ballous Tür. Er hing am Schlüsselring meines Mannes. Dort hatte ich ihn entdeckt, nachdem ich erfahren hatte, wie die Dinge zwischen ihnen standen. Und an Harrys Gesichtsausdruck und der Art, wie er sich über die Stirne strich, merkte ich, daß er sich damit abquälte, was er sagen oder tun sollte. Hätte er nur eine Spur von Vernunft, die jedem Menschen angeboren sein sollte, würde er sich diese Frage gar nicht stellen. Denn schon die Erwähnung, daß er einen solchen Schlüssel besaß, konnte zu Fragen führen, die die ganze schmutzige Angelegenheit in den Mund aller Leute bringen würden, genau das, was ich in all den Monaten befürchtet hatte. Vielleicht, dachte ich, wenn ich einfach behaupte, sie hätte mir den Schlüssel gegeben, damit ich ab und zu im Haus nach dem Rechten sehe, und ich hätte ihn Harry zur Aufbewahrung gegeben, vielleicht würde das Morten von dieser Fährte ablenken. Aber dann wußte ich, daß ich das nicht konnte. Ich brauchte nur den Mund aufzutun, dann hätte Morten mich schon in der Zange, daß alles nur noch schlimmer wäre als zuvor. Ich tat das einzige, was ich tun konnte – ich betete um ein Wunder, das Harry davon abhalten würde, einfach damit herauszuplatzen; und vielleicht weil es Sonntag war und weil das Gebet mit Inbrunst aus meinem Herzen kam, hat der gütige Gott es erhört.

Die Haustür wurde so wild aufgerissen, daß wir alle zusammenfuhren, und dann kam Richard herein und sagte wütend: »Die Leute laufen über unseren Rasen, als gehörte er ihnen. Sie sitzen auf unserer Haustreppe, als hielten sie eine Versammlung ab. Was ist eigentlich los?«

8

Morten sprach als erster, bevor einer von uns zu Wort kommen konnte. Er hatte schon immer eine große Vorliebe für meinen Sohn gehabt, die soweit ging, daß er mir einmal sagte, wie sehr ihm Richards gute Manieren und sein Benehmen Erwachsenen gegenüber gefielen. Es ist allerdings eine Ironie, daß er hinzufügte, er schreibe das Harrys Bemühungen um die Erziehung seines Sohnes zu. Dabei hat Harry sich mit jedem Jahr weiter von ihm entfernt. Zum Glück war Richard lange nicht so empfindlich und launisch wie Bettina, sonst hätte er sehr darunter gelitten. Aber er war ein stilles, sanftes Kind, saß zufrieden bei seinen Büchern oder seiner Musik. Er ist immer ein guter Schüler gewesen und erledigte gewissenhaft die kleinen Haushaltspflichten, die ich ihm übertrug. Bei all der Hausarbeit hatte ich nie viel Zeit zum Lesen, aber ich war nie in Verlegenheit um ein Thema, das ich mit Richard besprechen konnte, oder um irgendeinen Spaß, den ich mit ihm teilte; es war, wie meine Schwester Edna einmal gesagt hat: »Ein Glück für den Jungen, daß er jemand hat, der für ihn Vater und Mutter zugleich ist, Lucie. Und ein schreiendes Unrecht, daß Harry das ohne Widerspruch zuläßt.«

Das war es: ein schreiendes Unrecht, und noch Schlimmeres, denn er zeigte ein einziges Mal wirkliche Besorgnis um seine Kinder, und zwar an dem Tag, als sein eigenes verbrecherisches Geheimnis ans Licht kam. »Sie sollen das nicht erfahren, Lucie«, sagte er zu mir. »Sie sollen das niemals erfahren!« Als ob er das Recht gehabt hätte, sie in diesem Augenblick auch nur zu erwähnen!

Ob er wohl glaubte, ich würde hingehen und etwas ausplaudern, was mich schon krank machte, wenn ich nur daran dachte? Hätte Bettina mich nicht dazu gezwungen, hätte sie es nie erfahren. Und Richard hat noch immer keine Ahnung davon. Wenn es nach mir gegangen wäre, hätte er auch vom Tod dieser Frau nebenan nichts erfahren, obgleich das natürlich unmöglich war bei der allgemeinen großen Aufregung darüber und der Art, wie Morten sich damit wichtig machte.

»Hör mal«, sagte Morten zu Richard, »wo bist du denn den ganzen Vormittag gewesen?«

»Wo ich gewesen bin?« erwiderte Richard. »Gleich nach dem Frühstück machte ich einen Spaziergang. Und dann ging ich direkt in die Kirche, aber da sich niemand von hier blicken ließ, ging ich nach Hause, um nachzusehen, was los ist. Was *ist* eigentlich los?« fragte er Morten.

Da erzählte ihm Morten die Geschichte. Obgleich es nicht mehr als drei Minuten gedauert haben kann, klang es einfach abscheulich. Richard sank stumm auf den Stuhl neben dem meinen und wurde immer blasser, während Morten sprach, so daß ich sicher glaubte, er werde zu meinen Füßen in Ohnmacht fallen.

»Dick«, sagte ich, »ich glaube, du solltest nach oben gehen . . .«

»Nein«, erwiderte er und wandte sich wieder zu Morten. »Gestern abend war ein fremder Mann vor Miss Ballous Seitentür«, sagte er. »Ich weiß es, weil ich ihn gesehen habe.«

Mortens Augen glänzten auf. »Ein fremder Mann?« fragte er begierig. »Du hast ihn gesehen?«

»Ich war in der Garage. Mein Plattenspieler lief nicht. Deshalb ging ich hinunter, um Werkzeug zu holen und ihn wieder in Ordnung zu bringen. Während ich danach herumsuchte, hörte ich draußen Schritte. Als ich hinausschaute, sah ich einen Mann an Miss Ballous Seitentür, an der er sich zu schaffen machte. Da ging ich hinaus und wollte ihn fragen . . .«

»Wer war der Mann?« warf Morten ungeduldig ein, aber Richard schüttelte den Kopf.

»Ich weiß es nicht. Er warf nur einen einzigen Blick auf mich und rannte davon. Ließ mich einfach stehen. Dann untersuchte ich die Tür, um zu sehen, ob er sie aufgebrochen hatte, aber sie war in Ordnung. Das einzige, was ich bemerkte, war ein Zettel, der in der Tür steckte; aber ich fand, das ginge mich nichts an, also ließ ich ihn stecken.«

»Hat dieser Mann den Zettel hineingesteckt?« fragte Morten.

»Mag sein, aber das weiß ich nicht. Es war finster, etwa zehn Uhr, und ich konnte nicht genau erkennen, wie er aussah oder was er machte. Ich sah nur, daß er groß war und rennen konnte wie der Blitz. Ich bin ein guter Läufer, Mr. Ten Eyck, aber an der Art, wie er davonsauste, merkte ich gleich, daß nicht daran zu denken war, ihn einzuholen, also versuchte ich es gar nicht.«

»Dafür sei Gott gedankt«, sagte ich.
Morten griff plötzlich nach dem Stück Papier, das er mit dem andern Zeug auf den Tisch gelegt hatte, ehe er sich setzte.
»Ist das vielleicht der Zettel, der in der Tür steckte?«
Richard runzelte die Stirn. »Wie soll ich das wissen, Mr. Ten Eyck. Ich habe den Zettel nicht angerührt, und von weitem sieht jedes Stück Papier gleich aus.«
Morten schob ihm das Papier zu. »Hier«, sagte er, »dann sieh dir den Zettel jetzt an. Vielleicht erkennst du die Handschrift oder ersiehst aus dem Inhalt, wer das geschrieben hat.«
Richard studierte den Zettel aufmerksam, dann schüttelte er den Kopf. »Tut mir leid, Mr. Ten Eyck, das sagt mir gar nichts.«
Morten sah enttäuscht aus, dann wandte er sich an Matthew, als sei ihm plötzlich etwas eingefallen.
»Sie sagen, Sie hätten die Dame ins Haus gehen sehen. Steckte dieser Zettel da an der Tür? Haben Sie gesehen, daß sie ihn an sich nahm, als sie hineinging?«
»Ich war nicht in der Nähe der Tür«, erwiderte Matthew. »Ich verabschiedete mich auf dem Fahrweg von Miss Balou.«
Morten nahm Richard den Zettel weg und gab ihn Matthew. »Vielleicht kennen *Sie* diese Handschrift?«
Matthew warf einen Blick darauf und zuckte die Achseln. »Meine Handschrift ist es nicht«, sagte er.
»Dann geben Sie den Zettel weiter«, befahl Morten, mit der Hand auf uns deutend. »Und ich bitte Sie alle, wenn Sie eine Ahnung haben, wer das geschrieben hat, es offen zu sagen.«
Harry schaute sich die Notiz so kurz an wie Matthew, schüttelte den Kopf und hielt mir den Zettel hin. Es war billiges Papier und sah so aus, als sei es aus einem Notizblock gerissen worden. Das obere Ende war zerfranst, und die beiden Zeilen waren in einer unbeholfenen, nach links gerichteten Schrift geschrieben.
»Sie sagten, nicht später als heute abend«, las ich, »also habe ich bei Ihnen geläutet. Ich komme noch mal vorbei.«
Das Sonderbare war, daß ich die Handschrift zwar nicht sofort erkannte, aber sie kam mir irgendwie vertraut vor. Ich starrte die Schrift an, bis sie mir vor den Augen verschwamm, aber ich kam einfach nicht darauf.

»Morten«, sagte ich, »ich bin sicher, daß ich weiß, wer das geschrieben hat.«
»Wer?« stieß er aus.
»Ich kann mich einfach nicht darauf besinnen. Und das Verrückte ist, daß mir der Name fast auf der Zunge liegt.«
»Lucie, wenn Sie ordentlich nachdenken ...«
»Ich denke die ganze Zeit nach«, sagte ich ein wenig ärgerlich. »Wenn Sie glauben, ich sei weniger gespannt als Sie ...«
»Ja, ja, natürlich, Lucie«, sagte er rasch. Dann riß er mir den Zettel aus der Hand und gab ihn Bettina. »Wenn Ihrer Mutter die Schrift bekannt vorkommt, Bettina, vielleicht kennen Sie sie dann auch?«
Bettina schaute sich stirnrunzelnd die Schrift an, und ich konnte ihr ansehen, daß ihr die gleichen qualvollen Gedanken durch den Kopf gingen wie mir. »Es tut mir leid, Mr. Ten Eyck«, sagte sie schließlich, »die Schrift ist mir bekannt, und doch weiß ich nicht, wo ich sie hintun soll.«
Während sich das alles abspielte, platzte Jenny natürlich beinahe vor Ungeduld. »Mr. Ten Eyck«, rief sie plötzlich, »ich habe den Zettel noch nicht gesehen. Vielleicht kann ich es Ihnen sagen.« Damit riß sie einfach Bettina den Zettel aus der Hand und schaute ihn an.
Das Gesicht, das sie dann machte, brachte mich sofort auf die richtige Spur. Alle Farbe wich aus ihren Wangen. Sie schaute uns verstört an, und ich glaubte, sie wußte, was ich sagen wollte, denn sie hob beschwörend die Hand, als wolle sie mich davon abhalten.
»Morten«, rief ich, »das hat Bob Macek geschrieben!«
»Das hat überhaupt nichts zu sagen«, schrie Jenny erregt. »Es handelt sich nur um eine Lieferung oder so etwas. Das hat bestimmt nichts zu bedeuten!«
»Der Zettel stammt von Bob Macek«, sagte ich so laut wie möglich, um ihre Stimme zu übertönen. »Ich weiß das, weil ich diese Schrift jede gesegnete Woche im Jahr auf meiner Metzgerrechnung habe!«
Morten kannte Bob Macek sehr gut. Ich bezweifle, ob es noch einen zweiten Mann in der Stadt gibt, der die Fußballspiele so begeistert verfolgt oder sich mehr darüber ärgert wie Morten. »Sind Sie sicher, Lucie?« fragte er.

»Darauf kann ich einen Eid ablegen«, sagte ich.

Jenny war in Tränen ausgebrochen, und Bettina suchte sie zu trösten, aber Morten hatte keine Zeit für solchen Unsinn.

»Hören Sie mal, Miss«, bellte er Jenny an, »was geht Sie eigentlich Bob Macek an?«

Jenny versuchte, sich zu fassen. »Ich bin verlobt mit ihm«, sagte sie schluchzend. »Wir wollen bald heiraten!«

»Oh«, sagte Morten verlegen. »Aber Sie sehen doch sicher ein, daß es sich hier um eine sehr ernste Sache handelt. Ein junger Bursche hinterläßt eine Notiz und läuft davon. Dann findet man die Dame tot auf, während sein Zettel noch in der Tür steckt, und auf dem Zettel steht, daß der junge Mann noch mal vorbeikommen wollte. Vielleicht verstehen Sie, daß das wirklich nicht zum Lachen ist.« Das zu sagen, hätte Morten sich sparen können, denn Jenny war wahrlich nicht zum Lachen zumute. Sie schöpfte schaudernd Atem, während sie Morten anstarrte. »Wenn Sie glauben, Bob habe damit etwas zu tun, Mr. Ten Eyck, dann sind Sie verrückt«, sagte sie störrisch.

Morten schüttelte den Kopf. »Bevor ich dessen so sicher sein kann wie Sie, junge Dame, muß ich ein Wörtchen mit unserem Freund Bob reden«, sagte er und wandte sich dann plötzlich an Richard: »Glaubst du, Richard, daß der Mann, den du davonlaufen sahst, Bob Macek war?«

Richard antwortete zögernd: »Das weiß ich nicht.«

»Dann«, sagte Morten achselzuckend, »hätte ich gern, falls dein Vater nichts dagegen hat, daß du den Wagen holst und mich zu Bob Macek fährst.«

»Ich habe nichts dagegen, Morten«, sagte Harry.

Jenny riß sich von Bettina los. »Wenn Sie Bob verhören wollen, so möchte ich mitkommen, Mr. Ten Eyck.«

»Das möchte ich lieber nicht«, sagte Morten.

»Es ist mir gleich, was Sie möchten!« rief Jenny wütend. »Ich komme mit.«

Sie tat es, und als die drei fort waren, saßen wir andern da und starrten uns an. Das Wohnzimmer war voller Rauch von all den Zigaretten, die Matthew eine nach der andern angezündet hatte. Ich stand auf, um die Vorhänge zurückzuziehen und ein bißchen frische Luft hereinzulassen; da sah ich, daß draußen auf dem Weg zur Veranda mindestens ein Dutzend

der nachbarlichen Wichtigtuer standen – darunter Mort Bennauer, Rose und Howie McIntyre, Freda Lutey, und von der Straße um die Ecke die Youngs mit ein paar von ihren hochnäsigen Freunden.
»Harry«, sagte ich, »ich glaube, du mußt den Leuten draußen klarmachen, sie sollten ihre Versammlung nicht direkt vor unserer Veranda abhalten.«
Harry schüttelte den Kopf. »Das möchte ich lieber nicht tun, Lucie«, sagte er.
Das war Harry, ein Ayres durch und durch. Und während ich hinausging, dachte ich bei mir: Es hat unter den Ayres noch keinen gegeben, der Rückgrat besitzt, und es wird auch nie einen geben.

HARRY

9

Als wir uns das erstemal trafen, war ein Tag wie heute, ein leuchtender Sonntagmorgen, in der Luft der Hauch eines frühen Sommers. Ich saß an der Einfahrt und versuchte, auf der Leinwand eine Ansicht der Straße festzuhalten. Die Häuser auf beiden Seiten des Weges zeichneten sich in schönen klaren Linien vom Himmel ab, und das frische Grün der Bäume und Rasenplätze dämpfte die harten Umrisse und gab ihnen Tiefe. Aber ich wurde dem nicht gerecht; ich wußte es, und es machte mich nicht glücklicher, als ich spürte, daß jemand lautlos hinter mich getreten war und meine Arbeit kritisch betrachtete. Selbstbewußtsein war noch nie meine Stärke gewesen, und das bißchen, das mir meine Liebhaberei verschaffte, verpuffte wie eine Rauchwolke beim bloßen Gedanken, es könne mir jemand über die Schulter schauen und sich zu einer unsinnigen Bemerkung verleiten lassen. Da ich die Schwächen meiner Arbeit kannte, brachte mich ein Lob immer viel mehr aus der Fassung als ein Tadel. Wenn Lucie sagte: »Wahrhaftig, Harry, das ist reizend. So naturgetreu!«, war ich völlig geschlagen, und da ich dachte, daß sie es sei, wartete ich, den Pinsel in der

Luft, auf die gewohnte kalte Dusche.
Ich war daher sprachlos, als eine fremde Frauenstimme sagte: »Nicht schlecht als Illustration, Mr. Ayres.«
Ich drehte mich erstaunt um und erblickte Kate Ballou zum erstenmal. Sie sah aus, als sei ihr plötzlich zum Bewußtsein gekommen, sie habe mich vielleicht gekränkt und wisse nicht, wie sie es wieder gutmachen könne. Dann muß sie gemerkt haben, daß sie mich nicht gekränkt, sondern nur überrascht hatte.
»Ich bin Kate Ballou«, sagte sie erklärend. »Als ich das Haus dort kaufte und dem Agenten erzählte, ich sei von Beruf Malerin, erwähnte er Sie. Sie sind doch Mr. Ayres, nicht wahr?«
»Ja«, sagte ich und konnte meine Augen nicht von ihrem Gesicht losreißen, »ich bin Harry Ayres.«
Ich hatte schon aus Lucies lebhaften Erzählungen bei Tisch gehört, daß das Nachbarhaus von einer Frau aus New York gekauft worden sei, irgendeiner Künstlerin, soweit Lucie in Erfahrung gebracht hatte, und das teure Kabriolett, das jetzt neben unsrer alten Limousine in der Garage stand, verriet, daß die Frau, wer sie auch sein mochte, über ziemlich viel Geld verfügte. Aber auf eine Frau wie Kate Ballou war ich nicht gefaßt. Sie war sehr schön, aber nicht nur das, ihre Schönheit war ihr offensichtlich völlig gleichgültig. Eine gut aussehende Frau ist keine Seltenheit, aber eine gut aussehende Frau, die sich nicht in jedem wachen Augenblick so benimmt, als sei ihr Aussehen das A und O ihrer Existenz, trifft man wahrhaftig selten. Ich glaube, bevor ich Kate Ballou kennenlernte, war meine Tochter Bettina die einzige mir bekannte anziehende Frau, die ihrem Aussehen keine Beachtung schenkte. Bei Bettina ging diese Eigenschaft jedoch fast zu weit, denn sie legte auf ihre äußere Erscheinung überhaupt keinen Wert. Bei Kate wurzelte diese Gleichgültigkeit meiner Meinung nach in ihrer großen Selbstsicherheit. Sie schien sich nicht das geringste daraus zu machen, daß ich sie so albern anstarrte. Als mir bewußt wurde, daß ich sie so eingehend betrachtete, als stehe sie Modell in einer Malklasse, wurde mir ganz heiß vor Verlegenheit.
»Entschuldigen Sie«, brachte ich mühsam heraus, »aber ich mußte unwillkürlich denken, welch gutes Objekt Sie für ein

Porträt wären.« Als ich merkte, daß ich im Bemühen, mich zu entschuldigen, über meine eigenen Füße gestolpert war, fügte ich hastig hinzu: »Ich meine natürlich für einen Künstler, der sich aufs Malen versteht. Leider bin ich selbst nur ein ganz armseliger Sonntagsmaler.«

Obgleich das die Wahrheit war, hätte jeder meiner Bekannten aus Höflichkeit heftig widersprochen, und ich war ein bißchen verletzt, daß sie es nicht tat. Statt dessen studierte sie ernsthaft mein Machwerk, und dann schüttelte sie den Kopf. »Ich kann nicht einsehen, warum ein Sonntagsmaler ein schlechter Maler sein soll«, sagte sie.

Ich suchte einen kleinen Trost für mein verwundetes Selbstgefühl. »Sie sagten doch, es sei eine gute Illustration, also kann es wohl nicht ganz schlecht sein.«

»Es besteht aus Einzelteilen«, sagte sie ungeduldig, »aus lauter Einzelteilen. Sehen Sie, hier dieser Busch, und da noch ein Busch, und hier diese Telefondrähte, und da das Haus – eine Ansammlung von Einzelteilen, und obgleich Sie alle so hübsch abgemalt haben, ist nichts Rechtes daraus geworden. Sie haben das Ganze falsch angepackt.«

Ich drückte ihr meinen Pinsel in die Hand. »Zeigen Sie mir, was ich falsch gemacht habe.«

Zu meiner eigenen Verteidigung muß ich sagen, daß diese Geste nur zum Teil eine kindische Herausforderung aus verletztem Selbstgefühl war. Im übrigen hatte ich den ehrlichen Wunsch, in das Geheimnis eingeweiht zu werden, den magischen Schlüssel in Händen zu halten. Ich glich darin jedem andern Amateur, der sich an eine der Künste wagt, mag er nun malen oder schreiben.

Einen Augenblick lang hatte es den Anschein, als wolle sie mir den Pinsel gleich wiedergeben, aber dann sagte sie: »Ich konnte der Versuchung nie widerstehen, den Lehrer zu spielen. Wenn Sie mir etwas geben, worauf ich es Ihnen zeigen kann . . .«

»Nehmen Sie meine Leinwand«, sagte ich. Das hatte ich sowieso erwartet.

»Nein, niemand hat das Recht, Ihr Bild zu berühren.«

»Es ist kein besonders gutes Bild. Was Sie auch daran ändern, wird eine Verbesserung sein.«

»Es ist Ihr Bild«, beharrte sie. »Sehen Sie, wenn jemand auch nur eine einzige Linie daran ändert, ist es nicht mehr Ihr Werk.«
Das sollte kein Kompliment sein. Es war nur eine einfache Feststellung, daß etwas, das ich gemacht hatte, respektiert werden müsse, weil es ein Spiegelbild meiner selbst war. Diese Leinwand, ob gut oder schlecht, sie war ein Spiegel von Harry Ayres, und niemand war berechtigt, sein Bild zu verdrängen. Ein berauschender, bestürzender Gedanke nach dreiundzwanzigjähriger Ehe mit Lucie.
So übermalte Kate Ballou also nicht meine Leinwand, sondern einen Pappkarton aus dem Abfalleimer neben meiner Küchentür. Sie stellte ihn auf die Staffelei und machte sich, nachdem sie Pinsel und Palette sorgfältig gereinigt hatte, mit kurzen, energischen Pinselstrichen an die Arbeit. Das Bild wuchs vor meinen Augen – eine dunkle kühle Schlucht zwischen den Klippen zweier Häuser mündete plötzlich in ein glühendes Meer von Sonnenlicht. Eine dunkle Straße, die unerbittlich in eine von Sonnenlicht schimmernde Welt führte. Man sehnte sich, diese Straße entlangzugehen, zurückzukehren und sie wieder zu gehen. Es war ein sehr gutes Bild.
Ich sagte das Kate Ballou, und sie nickte. »Sie sehen«, sagte sie, »die Einzelteile treten zurück zugunsten des Gesamteindrucks. Bei der Illustration ist das Gegenteil richtig.«
Ich betrachtete meine Leinwand, die traurig am Fuß der Staffelei lehnte. »Ich glaube«, sagte ich zerknirscht, »die logische Folgerung wäre, daß ich meine Arbeit irgendeiner Zeitschrift anbiete.«
Sie lächelte. »Denken Sie an so was, wenn Sie malen?«
»Ich weiß gar nicht, was ich mir davon erhoffe«, gestand ich. »Wahrscheinlich würden Sie mich auslachen, wenn ich Ihnen erzählte, wie ich dazu kam, zu malen.«
»Wie kam das?«
»Ich besitze an der Ewald-Street unten in der Stadt einen Laden«, erklärte ich. »Eisenwaren, Haushaltsgeräte, Farben, und was man so braucht, um sein Haus zu verschönern. Eines Tages entdeckte ich, daß wir eine große Nachfrage nach Malfarben hatten, nicht nur von Sommergästen, sondern von hiesigen Leuten, denen man niemals eine künstlerische Ader zuge-

traut hätte. So legten wir uns ein Lager solcher Artikel an, und da ich ein Kaufmann bin, der sich rühmt, seine Ware zu kennen, beschloß ich, selbst auszuprobieren, ob sie gut ist.«
»Ist sie gut?« fragte sie ernsthaft.
»Sehr gut«, sagte ich. »Viel besser als mein Talent, was ich sehr rasch herausfand, aber da es mir so große Freude machte . . .« Ich stockte.
»Meinen Sie, Sie müßten sich deshalb schämen?«
»Meine Frau findet das offenbar alles ein wenig kindisch. Ich fürchte, sie hat da nicht so ganz unrecht.«
Ich glaube, ich hatte erwartet, sie werde das bestreiten, deshalb verwirrte es mich, als sie es einfach als Tatsache hinnahm. »Warum geben Sie dann das Malen nicht auf?« fragte sie. »Sie haben recht, was das Material anbelangt; diese Pinsel und Farben sind das beste, was man um Geld haben kann. Aber glauben Sie, Sie haben das Recht, sie zu benutzen, so wie Sie zu Ihrer Malerei stehen?«
»Da sie mir gehören«, sagte ich, »habe ich wohl auch das Recht, mit ihnen zu machen, was mir gefällt.«
Sie schüttelte den Kopf. »Das ist ein Irrtum, Mr. Ayres. Bevor Sie das Recht haben, Ihren Pinsel in diese Farbe zu tauchen, müssen Ihnen zwei Dinge klar vor Augen stehen. Erstens die Achtung vor Ihrer Kunst, und zweitens die Achtung vor sich selbst. Ich bin der vielen Amateure ein wenig überdrüssig, die sich in letzter Zeit in meinem Lieblingsfach breitmachen, die netten Primitiven, deren einziger Vorzug ihre Unwissenheit ist, die Verrückten, die Konfetti auf Leim werfen, und die Clubdamen, die denken, Malen sei, oh, so köstlich.« Sie fuchtelte mit dem Pinsel vor meiner Nase herum. »Das ist das Werkzeug, das Vermeer benutzte, und El Greco und Cézanne und viele andere, die wußten, was damit anzufangen war. In ihrem Namen bitte ich jeden, der nicht weiß, was es bedeutet, wenn er mit einem Pinsel in der Hand vor einer frischen Leinwand sitzt, den Raum zu verlassen.«
Ich fühlte mich gemaßregelt wie ein Schuljunge, so daß meine Würde und mein seelisches Gleichgewicht gefährlich ins Wanken gerieten, und doch hatte ich ein wundervolles Gefühl des Triumphs wie nie zuvor. Alles, was sie sagte, war genau das, was ich oft im stillen vage gedacht hatte und nie fähig gewe-

sen war, Lucie klarzumachen. Zu wissen, daß es eine Frau gab, welche die gleichen Gedanken hegte, obgleich sie im Augenblick rot vor Zorn vor mir stand, erfüllte mich mit dem elektrisierenden Gefühl, jemand getroffen zu haben, der mit mir geistesverwandt war. Und dahinter verborgen war noch etwas anderes, dem ich keinen Raum geben durfte. Meine Vernunft sagte mir: Um Himmels willen, Harry Ayres, du bist sechsundvierzig, du bist verheiratet, du hast zwei erwachsene Kinder. Um Himmels willen, nimm dich zusammen.

»Miss Ballou«, fragte ich, »haben Sie schon mal Malstunden gegeben?«

Sie war einen Augenblick sprachlos, dann zuckte es belustigt um ihre Mundwinkel. »Warum? Habe ich eben Reden gehalten wie eine Kunstlehrerin?«

»Jetzt tun Sie etwas, wovor Sie mich gerade gewarnt haben«, entgegnete ich. »Sie lassen es an Achtung vor sich selbst fehlen.«

Sie lachte und wies mit dem Pinselstiel auf ihre Brust. »Ins Schwarze getroffen!« sagte sie. »Zufällig habe ich vor langer, langer Zeit, als ich jung und schutzlos war, Stunden gegeben.«

»Könnten Sie vielleicht wieder einen Schüler annehmen?«

»Sie versuchen, mir zu beweisen, daß ich Sie unterschätzt habe, nicht wahr?«

»Ich versuche, mir selbst etwas zu beweisen, Miss Ballou.«

Sie schaute mich forschend an, dann nickte sie plötzlich. »Das war gut gesagt.« Sie legte den Pinsel beiseite, nahm einen Lappen und wischte sich sorgfältig das Öl von den Fingern. »Das war sehr gut gesagt«, wiederholte sie beinahe zerstreut und schaute mich immer noch an, ein klein wenig die Stirne runzelnd.

10

Anfangs wußte ich nicht, wie tief und hoffnungslos ich schon in die Sache verwickelt war. Schließlich war der Mann, dessen Gestalt ich in *Hibbards* Schaufenster sah, sooft ich auf dem Weg ins Geschäft dort vorbeiging, Harry Ayres – der gute

alte Harry Ayres. Und nicht Casanova, nicht einmal einer der zweitrangigen Götzen, die Jenny einmal in der Woche im *Orpheum* verehrte. Nur Harry Ayres, der ein wenig zu lang und zu mager war und vielleicht eine etwas lange Leitung hatte.
Und er wohnte in der Nicholas-Street, dieser Harry Ayres, wo all die netten Leute ihr nettes Leben lebten, ohne durch wilde, ungehörige Träume von schönen rothaarigen Frauen beunruhigt zu werden. Natürlich nahm er Malstunden bei einer schönen rothaarigen Frau, aber diese Stunden waren seltsam formell. Sie fanden immer bei hellem Sonnenlicht statt und immer draußen im Freien, wo die Nachbarn sich selbst überzeugen konnten, wie nett und korrekt alles war. Und sie kamen auch, um nachzuschauen, das versteht sich von selbst, aber sie entdeckten nichts anderes, als daß die rothaarige Frau nicht nur schön war, sondern auch klug, und eine sehr gute Malerin, die all diese Zeitschriftentitelblätter machte und deren Bilder sogar in ein paar Museen hingen. Zudem verdiente sie Geld damit, eine Masse Geld, was sogar in der Nicholas-Street das Malen zu einem geachteten Beruf macht. Sie schenkten mir nicht viel Aufmerksamkeit, solange sie dabei war, und nach einiger Zeit ließ man auch sie in Ruhe.
»Das bedeutet«, sagte ich zu ihr, »daß man Sie jetzt dazurechnet. Sie sind wie wir andern ein Teil der Nicholas-Street, nicht mehr von ihr zu trennen bis zum Tag, an dem Sie sterben.«
»Sie sagen das so düster, daß man fast Angst bekommt, Mr. Ayres. Muß man vielleicht sogar einen Treueeid leisten?«
»Für manche Bürger von Sutton ist das tatsächlich eine düstere und furchteinflößende Angelegenheit, Miss Ballou. So bescheiden der Nicholas-Street-Bewohner auch wirken mag, das *Plaza* betritt er wie eine königliche Hoheit.«
»Ich will mich bemühen, mich dessen würdig zu erweisen, Mr. Ayres.«
Aber sie brauchte sich nicht sehr zu bemühen. Die Männer strafften ihre Haltung und nahmen den Hut ab, sobald sie Katherine Ballou sahen.

Matt Chaves lüftete endlich den Vorhang von dem Teil von Harry Ayres, der mir bisher noch unbekannt war. Einfach dadurch, daß er bei uns in Erscheinung trat.

Bettina strahlte auf eine bei ihr ungewöhnliche Art, als sie ihn vorstellte, und seine ersten Worte zu mir waren: »Sie interessieren sich sehr für die Malkunst, nicht wahr, Mr. Ayres? Kate Ballou hat es mir erzählt.«
Ich war entsetzt über die quälende Eifersucht, die mich erfaßte. Ich hatte mir nie klargemacht, daß Kate auch noch in einer andern Welt lebte als in der Nicholas-Street, und obgleich ich wußte, daß sie jede Woche mehrere Tage in New York verbrachte, hatte ich mir vage vorgestellt, diese Tage seien dem »Geschäft« gewidmet. Die Erkenntnis, daß es natürlich Menschen gab in New York, Männer, mit denen sie plauderte, ihre Gedanken teilte, vielleicht mehr als das, war wie ein Messer in mich gefahren. Und während ich Matt Chaves – einen dieser Männer – mit freundlichem Lächeln bedachte, hätte ich ihn auf der Stelle umbringen können.
»Ja«, antwortete ich, »aber es überrascht mich, daß Miss Ballou es der Erwähnung wert fand. Es ist nicht viel los mit meiner Malerei.«
»Davon weiß ich nichts«, sagte er, und sein kühler Blick und sein Lächeln gaben mir das unbehagliche Gefühl, daß er mir bis auf den Grund des Herzens sah. »Ich würde gern Ihre Arbeiten sehen und selbst darüber urteilen.«
»Die Bilder sind auf dem Dachboden«, sagte Bettina. »Wie wäre es, wenn wir gleich hinaufgingen?«
»Nein«, sagte ich schroff. Dann merkte ich, wie unhöflich das klang, und versuchte einzulenken. »Wenn Sie wieder einmal nach Sutton kommen und uns mit Ihrem Besuch beehren, werde ich eine Privatausstellung für Sie veranstalten.«
»Ich werde wiederkommen«, sagte er.
Ich sah Kate am folgenden Abend, obgleich ich es nicht beabsichtigt hatte. Ich hatte einen plötzlichen Einblick in meine Gefühle für sie bekommen und war erschreckt. Das beste war, hatte ich beschlossen, mit mir ins reine zu kommen, mir darüber klarzuwerden, daß das, was für Matthew Chaves und jeden andern unabhängigen Mann, der Kate Ballou kannte, völlig in Ordnung war, für Harry Ayres überhaupt nicht in Frage kam. Die Malstunden mußten aufhören, und das Gleichgewicht der Dinge mußte wiederhergestellt werden.
Es war nicht schwer, diesen Entschluß zu fassen. Ich habe im-

mer einen verheirateten Mann verachtet, der sich in eine Liaison einläßt, die ihn sein Heim, seine Familie und seine gesellschaftliche Stellung kosten konnte, weil ich immer das Gefühl hatte, die Sache sei das Opfer nicht wert. Der durchschnittliche Mann muß zu hart arbeiten, um seinem Leben eine achtenswerte Form zu geben, als daß er sie um einer Laune willen zerschlagen könnte.

All diese Gedanken hatten meinen Entschluß gestärkt. Als ich an diesem Abend meinen Wagen in die Garage fuhr, stand der Cadillac da, ein sicheres Zeichen, daß Kate zu Hause war. Dann hörte ich ihre raschen Schritte und spürte Abwehr und einen seltsamen Zorn auf sie, auf mich, auf die ganze Welt. Ich stellte die Zündung meines Wagens ab, stieg aus und schmetterte die Tür so heftig zu, daß ich im ersten Augenblick dachte, das Fenster sei zersprungen. Als ich mit dem Daumen prüfend über die Scheibe fuhr, kam Kate herein.

»Hallo«, sagte sie gleichmütig, »ist was passiert?«

»Nein«, erwiderte ich. »Als ich die Tür zuwarf, glaubte ich, die Scheibe sei zersprungen, aber es ist kein Schaden entstanden.«

»Es klang, als hätten Sie Ihrem Herzen ordentlich Luft gemacht.«

»Sie klemmt manchmal.«

»Das ist die Tücke des Objekts. Ich hatte eine Panne bei Peekskill und saß vier geschlagene Stunden lang fest, bis man die Sache in Ordnung gebracht hatte. Vier herrliche Stunden meines Lebens vertan, während zwei ernste Männer nach dem Schaden suchten.«

»Was war's denn?«

»Ganz egal, was es war. Ich bleibe bei meiner Überzeugung, daß all das Zeug, das man unter der Haube sieht, nur dazu da ist, die Sache geheimnisvoll und kostspielig zu machen. Die Wahrheit ist, daß sie einen Wagen, wenn er fertig ist, in der Fabrik einfach mit einem Schlüssel aufziehen; dann läuft er, bis die Feder abgelaufen ist. Bringt man ihn dann in eine Werkstatt, so tun sie nichts anderes, als ihn wieder aufzuziehen. Das ganze ist ein Komplott, bei dem mindestens eine Billion Dollar verdient wird.«

Wir standen uns in der dunklen Garage so nahe gegenüber,

daß ich nur hätte meinen Arm auszustrecken brauchen, um sie zu berühren.
»Ihre Stimme klingt, als ob Sie sich über etwas aufregten«, sagte ich.
»Dieser verdammte Aufenthalt in Peekskill. Ich war so ärgerlich darüber, daß ich sofort nach Hause gerast bin, ohne auch nur daran zu denken, mir was zu essen zu kaufen.«
»Wenn es sich nur darum handelt, kann ich nicht einsehen, warum Sie nicht herüberkommen und mit uns zu Abend essen.«
Sie schüttelte den Kopf. »Nein, vielen Dank für die Einladung, aber ich muß das Einkaufen früher oder später doch erledigen. Also kann ich es ebensogut jetzt tun.«
Sie schlüpfte hinter das Steuerrad ihres Cadillac, und wie ich an ihrer Haltung sah, wartete sie darauf, daß ich die Garage verließ und den Weg für den Wagen freimachte. Ich hatte auch die feste Absicht, es zu tun, das kann ich beschwören, aber dann drehte ich mich in einer plötzlichen Aufwallung zu ihr um und sprach zu ihr, wie ich es noch nie vorher getan hatte.
»Kate«, sagte ich erregt, »wer ist dieser Matthew Chaves?«
Sie zeigte weder Überraschung, noch Ärger noch Spott, sondern antwortete, als hätte ich alles Recht, so zu fragen.
»Er ist einfach ein Freund, Harry«, sagte sie.
»Ist er der Mann, mit dem Sie zusammen sind, wenn Sie nach New York fahren? Ich meine, hat er mit Ihrer Arbeit zu tun oder so etwas Ähnliches?«
Ihre Stimme klang erstaunt. »Natürlich nicht. Matt arbeitet ausschließlich im Vertrieb. Was sollte er mit meiner Arbeit zu tun haben?«
»Ich weiß es nicht. Ich wußte gar nicht, welche Art Arbeit er macht. Bettina sagte etwas davon, er sei bei einer Zeitschrift, und da dachte ich eben, er arbeite mit Ihnen.«
»Aha!«
»Entschuldigen Sie«, sagte ich, »ich weiß eigentlich gar nicht, warum ich hier stehe und Sie ins Kreuzverhör nehme. Es geht mich ja wirklich gar nichts an, und es war sehr höflich von Ihnen, daß Sie mir das nicht deutlicher gesagt haben. Nun will ich Sie nicht länger von Ihren Einkäufen abhalten.«

Ich hatte einen Schritt zur Garagentür getan, als sie »Harry« sagte, und die Art, wie sie es tat, ließ mich innehalten und mich langsam wieder ihr zuwenden. »Harry, Matt Chaves besuchte mich gestern abend, als er wieder in New York war. Er wollte mir die Hölle heiß machen, weil ich nicht hier war, als er kam, obgleich er soviel Verstand hätte haben sollen, sich mit mir in Verbindung zu setzen, bevor er sich auf den Weg machte. Und er erzählte mir, er habe Sie getroffen und sich mit Ihnen unterhalten. Harry, hat Matt ausgeplaudert, was ich ihm über Sie sagte?«

»Er sagte nur etwas über meine Malerei. Ich sprach nicht sehr lange mit ihm.«

»Sonst hat er nichts gesagt? Sind Sie ganz sicher?«

»Natürlich.«

»Sie sind nicht nur einfach höflich, Harry? Das könnte ich nicht ertragen. Ich kann Ihnen viel nachsehen, wenn Sie schlecht malen, aber ich würde es Ihnen nie verzeihen, Harry, wenn Sie im falschen Augenblick höflich sind.«

»Ich bin es gar nicht, Kate. Und zum Beweis möchte ich gerne wissen, was Sie ihm über mich erzählt haben.«

Sie gab keine Antwort. Und in der Stille der Garage konnte ich eine Reihe von Geräuschen von draußen unterscheiden: das Klappern von Geschirr in unserer Küche, wo sicher Jenny an der Arbeit war, das Kreischen der Bremsen des Jackson-Avenue-Busses, als er in der Nicholas-Street hielt — nur an diesen Geräuschen spürte ich das Verrinnen der Sekunden, während wir uns in dem finstern Raum anstarrten.

Dann sagte sie matt: »Es ist nichts, Harry. Nichts, was ich Sie wissen lassen möchte.«

»Ihr Freund Matt weiß es.«

Sie streckte die Hand aus nach dem Rückspiegel und drehte ihn ungeduldig in eine andere Richtung.

»Ich weiß nicht, woran das liegt bei Matt Chaves. Ich kann meine eigenen Gedanken haben, meine Sorgen für mich behalten, mir etwas vornehmen, das getan werden muß, und ich tue es dann auch früher oder später. Aber kaum sitze ich mit Matt zusammen, so kehre ich, ehe ich mich dessen versehe, mein Innerstes nach außen. Sage ihm Dinge, die ich ihm nicht sagen und die er nicht wissen sollte. Und die ganze Zeit, während

ich spreche, weiß ich, daß sein verdammtes Gehirn sich irgendwelche Sachen ausdenkt, irgendeinen verrückten Ausweg, der mich nur bloßstellen würde. Haben Sie schon mal so jemand gekannt?«
»Nein«, sagte ich, »bisher noch nie.«
»Dann sind Sie ein glücklicher Mensch, Harry.«
»Bin ich das?«
»Ja, denn nachher ärgere ich mich krank beim Gedanken daran, was er tun oder sagen wird, ohne daß ich es weiß. Als er mich gestern in meinem Atelier besuchte und sagte, er habe mit Ihnen gesprochen, wußte ich nicht, was ich denken sollte. Ich fragte ihn, was er Ihnen erzählt habe, und er antwortete, gar nichts, er habe sich nur die Zeit bei Ihnen vertrieben. Das hätte mir genügen sollen, Harry. Denn ich habe ihn bis jetzt noch nie bei einer Lüge ertappt. Aber es hat meinen Ärger nicht vertrieben. Es gibt eben Dinge, die man nicht ausgeplaudert haben möchte.«
»Gewiß.«
Sie nickte lebhaft. »Sie sehen also, Harry, ich befürchtete nur, Matt habe aus der Schule geplaudert. Da er das nicht getan hat, ist es am besten, wir lassen alles auf sich beruhen.«
»Kate«, sagte ich, »Sie hatten gar nicht wirklich die Absicht, jetzt Einkäufe zu machen, oder doch?«
»Was meinen Sie damit?«
»Ich meine, daß Sie vermutlich genug zu essen im Hause haben. Ich meine, daß all der Unsinn über Ihre Wagenpanne und Ihre Vergeßlichkeit, einzukaufen, von Ihnen in diesem Augenblick spontan erfunden wurde, weil Sie den Wunsch hatten, mit mir zu sprechen. Stimmt das, Kate?«
Ihre Hände lagen schlaff auf dem Steuerrad. »Harry«, sagte sie, »warum lassen wir nicht alles, wie es war?«
Ich nickte. »Gut, aber bevor wir das tun, möchte ich, daß Sie mir eine Frage beantworten.«
»Ja?«
»Ich bin sicher, daß es das war, was Sie Matt Chaves sagten, und ich habe ein Recht, es auch zu wissen. Kate, was fühlen Sie für mich?«
Sie saß lange da, ohne sich zu rühren, dann wandte sie sich langsam zu mir um. »Ich liebe Sie, Harry«, sagte sie ruhig.

»Ich bin so sinnlos verliebt in Sie, daß ich mich vor mir selber schäme.«
Ich hatte gewußt, was sie sagen würde. Trotzdem trafen mich ihre Worte wie der Anprall einer Welle, die einen umwirft und blind und benommen zurückläßt, wenn sie verebbt. Und ich war all die Zeit blind gewesen. Nicht aus Eitelkeit, das weiß Gott, sondern aus dem genauen Gegenteil.
Sie muß meine Reaktion falsch verstanden haben. »Ich bin keine Närrin«, sagte sie. »Ich sagte Ihnen, daß ich mich schäme, und ich meinte es so.«
»Sie schämen sich!« rief ich entsetzt. »Lieber Gott, Kate, was glauben Sie wohl, was ich die ganze Zeit über durchgemacht habe? Warum habe ich Sie wohl nach Matt Chaves gefragt! Schon der Gedanke, Sie könnten sich für einen anderen Mann interessieren, machte mich fast wahnsinnig. Nur habe ich nie gedacht, daß Sie für mich das Gleiche fühlen.«
»Warum nicht?« fragte sie herausfordernd.
»Kate, ich bin sechsundvierzig Jahre alt. Ein ehrbarer Vater mit zwei erwachsenen Kindern. Und nichts an mir läßt mich auch nur ein einziges Jahr jünger erscheinen.«
»Harry«, sagte sie spöttisch. »Ich bin einunddreißig. Alt genug, um zu wissen, was ich will!« Sie streckte plötzlich die Hand aus und ließ sie warm und stark in der meinen ruhen, und ich spürte, wie ihre Nägel sich in meine Handfläche gruben. »Das Wissen, daß ich es nicht bekommen kann, ist so quälend, Harry.«
Die Sonne stand nun tief hinter den Dächern der Häuser jenseits der Straße und warf eine lange rote Zunge den Fahrweg entlang in die Garage bis fast zu meinen Füßen. Ich dachte, gleich gehe ich über diese Zunge bis zu unsrer Küche. Jenny wird dort sein und Lucie, sie beschwatzend und umschmeichelnd, weil kein zweites Mädchen in der Nicholas-Street für so wenig Geld so hart arbeitet. Und dann gehe ich ins Eßzimmer, wo mein Sohn und meine Tochter mir wenig zu sagen haben werden, oder auch nichts, weil sie das, was sie zu sagen haben, für ihre Mutter aufsparen. Nach dem Essen werde ich die Zeitung lesen oder mit Lucie eine belanglose Unterhaltung führen. Ich werde den liebenden Gatten spielen, und Lucie die liebende Gattin, aber nur dann, wenn noch jemand im Zim-

mer ist. Dann werde ich den netten kleinen Wasserboiler im Keller anheizen, einen Gasofen, weil Lucie keinen Kohlenofen mochte, wie er nebenan in 159 steht, aus Angst, er könnte die Böden schmutzig machen, und dann die Türen abschließen und mit Lucie zu Bett gehen. Wir haben kein Schwert zwischen uns nötig. Diesen Dienst tut uns die immer gegenwärtige Verachtung, die sie für mich fühlt. An das alles dachte ich und sagte: »Ich habe nie viel übrig gehabt für einen Mann, der zu einer Frau gekrochen kommt und ihr vorklagt, seine eigene Frau verstehe ihn nicht.«

»Sie tun das ja nicht.«

»Nein«, sagte ich trocken, »ich fürchte, Lucie versteht mich nur allzu gut.«

»Lieben Sie Ihre Frau, Harry?«

»Nein, ich hasse sie. Aber das ist gut so, weil sie dasselbe für mich fühlt. Ich sollte eher sagen, ich begann sie zu hassen, weil sie mich haßt. Und ich merkte, daß ich langsam ein wenig müde wurde.«

»Wie meinen Sie das?«

»Ich meine, ich bin neugierig zu erfahren, wie es ist, wenn man jemand liebt und von jemand geliebt wird. Ich glaube, das wiegt alles auf, was ich dafür zu bezahlen habe, wenn dieser Jemand Sie sind.«

Sie wandte rasch den Kopf ab.

»Kate!« sagte ich bestürzt. »Wenn ich etwas gesagt habe ...« Sie schüttelte heftig den Kopf, machte ihre Hand frei und suchte im Handschuhfach ihres Wagens herum, bis sie ein winziges zerknittertes Taschentuch fand. Ich schaute ihr hilflos zu, während sie sich die Augen trocknete und herzhaft die Nase putzte.

»Verdammt«, sagte sie mit belegter Stimme und deutete auf sich.

»Warum?«

»Ich wußte nicht, daß es noch Menschen gibt, die so etwas sagen. Und ganz gewiß hätte ich nie gedacht, das Glück zu erleben, daß jemand so zu mir spricht.«

»Aber es ist die Wahrheit, Kate. Ich meinte jedes Wort, das ich sagte.«

»Warum glauben Sie wohl, daß ich geweint habe, Harry?«

»Kate«, sagte ich, »möchten Sie nun, da wir wissen, wie die Dinge stehen, mit mir in New York zusammen sein? Ich muß in dieser Woche in die Stadt fahren, um einiges einzukaufen. Glauben Sie, wir könnten uns dort treffen?«
Sie nickte. »Überall, Harry, und zu jeder Zeit.«
»Aber hier in Sutton wird alles so bleiben müssen, wie es bisher war, Kate.«
»Wenn Sie es für richtig halten, Harry. Ich bin mit allem einverstanden.«
»Es ist besser so«, sagte ich. »Mein Gott, ich scheue mich sogar, Sie hier in unsrer eigenen Garage zu küssen, und doch will ich verdammt sein, wenn ich gehe, ohne es zu tun.«
»Verdammt, wenn du es nicht tust, und verdammt, wenn du es tust«, sagte sie lachend und hob mir ihr Gesicht entgegen. Ihre Lippen waren warm und verlangend, und dann entzog sie sich mir. »Du brauchst dir keine Mühe geben, den Lippenstift wegzuwischen«, sagte sie. »Ich benutze keinen.«

11

Ich weiß, die Meinung ist weit verbreitet, es sei in einer kleinen Stadt unmöglich, ein Geheimnis zu bewahren. An jeder Tür werde gehorcht, durch jedes Schlüsselloch gelugt. Nichts könne gesagt oder getan werden, ohne daß die Öffentlichkeit daran teilnehme.
Ich hatte schon immer das Gefühl, daß dahinter nicht mehr Wahrheit steckt als hinter jeder Verallgemeinerung, also sehr wenig. Schnüffeln und Klatschen sind verbreitete Fehler und nicht auf bestimmte Orte mit geringer Einwohnerzahl beschränkt. Sobald man eine Zeitung in die Hand nimmt, kann einem nicht entgehen, zu welch hohem Rang es die professionellen Schnüffler und Schwätzer gebracht haben. Und mehr als das, man entdeckt, daß die Opfer dieses Klatsches in Wirklichkeit gar keine Opfer sind. Sie sind stolz auf das, was über sie gesagt wird, sie schwelgen darin, sie können nicht genug davon kriegen.
Ich glaube, das ist der Schlüssel zu dieser Angelegenheit, und

er paßt zu Sutton so gut wie zu New York oder zu jeder andern Stadt.

Ich bin kein Mensch, der andere zu Geständnissen verleitet oder sich dazu verleiten läßt. Im Laufe der Jahre hatte ich gelernt, meine Schwärmereien für mich zu behalten. Es war mir nie schwergefallen. Jetzt befand ich mich jedoch in einem Zustand ständiger leidenschaftlicher Erregung. Wenn ein Mann stolz ein hübsches Mädchen ausführte, schaute ich ihn an und dachte: »Was weißt du von Frauen, wenn du meine Kate nicht kennst!« Wenn eine attraktive Frau in einem Restaurant mich anschaute und dann mit merklicher Gleichgültigkeit den Blick abwandte, hätte ich am liebsten zu ihr gesagt: »Ich bedeute Ihnen nichts, meine Dame, aber das ist nicht wichtig. Für Kate bedeute ich alles.« Eine Art von ekstatischem Wahnsinn hatte mich erfaßt, der mich ständig antrieb, die ganze Welt ins Vertrauen zu ziehen. Es war albern, gefährlich und mir so fremd, daß ich mich selbst darüber wunderte.

Aber weil ich meinen Sinn für Diskretion nie verlor, lief ich keine Gefahr. In der Nicholas-Street war ich der gute alte Harry Ayres, in New York war ich ein ganz anderer Harry Ayres, und die beiden hatten miteinander nichts zu tun. Den ganzen Herbst, Winter und Frühling durch dachte ich, es sei so am besten. Es war nicht schwierig, die nötigen Verabredungen zu treffen. Denn schon seit einiger Zeit hatte ich geplant, das Geschäft zu erweitern und vor allem die Abteilung Elektrogeräte zu vergrößern. Dazu waren eine Reihe von Besprechungen mit Vertretern in New York notwendig, und damit waren meine Fahrten dorthin genügend erklärt. Lucie fragte mich nie danach; es genügte ihr, wenn ich mich ab und zu mit ihr zusammensetzte und ihr Preislisten und Angebote zeigte. Sie verstand zwar nicht die Hälfte von dem, was ich erklärte, aber die Vorstellung, unser Geschäft könne wieder zu dem Warenhaus werden, das es zu meines Vaters Zeiten war, schmeichelte ihrer Eitelkeit. Lucie hat die Gabe der Selbsttäuschung wie niemand sonst, den ich kenne.

In New York stieg ich stets in dem Hotel ab, in dem ich immer gewohnt hatte. Aber mein wirkliches Heim war Kates Atelier an der Nordseite des Washington-Square. Das Haus war ein alter Ziegelbau, ein Überbleibsel aus einem behagli-

cheren Zeitalter, und sein Treppenhaus war immer von einem starken Geruch nach Bohnerwachs erfüllt.
Bevor Kate das Haus an der Nicholas-Street in Sutton kaufte, hatte sie das ganze Dachgeschoß des Hauses gemietet. Jetzt bewohnte sie nur noch das Atelier, einen weiten Raum mit einem großen Nordfenster und einer Unmenge von Zeichen- und Malutensilien, die ihm eine geschäftliche Note gaben. Die einzigen Möbel waren eine Couch, die zugleich als Bett diente, ein Kleiderschrank, ein Toilettentisch und ein paar Stühle. Das erste, was mir auffiel, war der Gegensatz in diesem Raum; Kate war peinlich ordentlich mit ihren Malutensilien, mit allem anderen aber höchst unordentlich, und wenn ich ins Zimmer trat, lagen meistens Kleider auf dem Boden herum, das Bett war nicht gemacht, und Kate, völlig gleichgültig gegen die Unordnung, stand in Männerhemd und Hosen vor der Staffelei, auf dem Kopf eine Tennismütze mit Schirm, und wirkte trotz allem nicht wie ein Mannweib.
Ich arbeitete in diesem Raum an meiner eigenen Leinwand, ich unterhielt mich mit ihr, ich nahm sie in meine Arme. Und bei Nacht lag ich neben ihr im Bett, die Staffeleien standen bleich und geisterhaft um uns, und wenn ich durchs Fenster in die Nacht hinausschaute, kroch immer Furcht in mir hoch. Nicht vor dem, was mit mir geschehen war, denn ich konnte jedem Mann nichts Besseres wünschen, sondern das Gefühl, daß ich meine Zeit vertan hatte. Ich war zu spät gekommen, es blieb mir so wenig Zeit, und jedes Ticken der Uhr neben mir auf dem Stuhl betrog mich um dieses letzte Bißchen.
Von diesem Raum aus machten wir kleine gemütliche Spaziergänge, unterhielten uns über alles mögliche, lachten viel und stritten uns ein bißchen. Als Lucie und ich erst kurze Zeit verheiratet waren, hatte es lange Pausen zwischen uns gegeben, während denen ich verzweifelt dasaß und auf ein Thema sann, das sie interessieren könnte. Es fiel mir selten eines ein, und ich kam schließlich zu dem beängstigenden Schluß, daß es in einer Ehe eben nicht anders ist.
Aber mit Kate hatte ich nie solche Probleme. Sie war sehr großzügig in ihren Ansichten, gegen alles Zweitklassige jedoch völlig ablehnend. Über alles hatte sie ihre eigene Meinung, und das führte gelegentlich natürlich zu Streit zwischen uns.

Einmal sagte ich zu ihr, ich wolle mir die Freiluftausstellung ansehen, wo die jungen Künstler von Greenwich Village ihre Arbeiten an den Gartenzäunen rings um den Washingon-Square aufhängen, um vielleicht einen Käufer zu finden.
»Schön«, sagte sie, »aber da mußt du allein hingehen.«
»Warum?«
»Weil dieses Zeug eine Beleidigung ist.«
»Es ist ehrliche Arbeit. Du solltest anerkennen, daß sie es mindestens redlich versuchen.«
»Es ist keine ehrliche Arbeit. Dazu braucht es einen ehrlichen Künstler, und wenn diese Leute ehrlich wären, würden sie sich ihr Zeug anschauen und wissen, wie schlecht es ist. Und dann würden sie sich schämen, es in der Öffentlichkeit auszustellen.«
»Die Öffentlichkeit scheint es ja zu überleben.«
»Harry, wenn du in der Zeitung liest, ein acht Jahre altes Balg habe sich hingestellt und ein Sinfonieorchester dirigiert, was würdest du darüber denken?«
»Ich weiß nicht recht. Wahrscheinlich, es sei ein sehr hübscher Scherz.«
»Das würdest *du* denken. Aber es gibt viele Leute, die denken würden: ›So, das ist also Dirigieren! Etwas, das ein acht Jahre altes Kind kann!‹ Wenn sie dann etwas Großartiges über Toscanini hören, sagen sie: ›Ganz schön, er mag ja noch besser sein als dieses Kind. Aber schließlich ist er auch älter.‹«
Ich lachte darüber, aber sie blieb bei ihrer Meinung, und ich mußte allein zu der Ausstellung gehen. Natürlich hatte sie recht, es war abscheuliches Zeug. Die Arbeiten eines jungen Mannes fand ich jedoch gut, und besonders *ein* Bild von ihm richtig aufregend. Als ich ihr davon erzählte, lachte sie mich aus, aber eine Woche später sah ich das Bild an ihrer Wand hängen.

Daß doch ein Band zwischen dem Harry Ayres von der Nicholas-Street und dem Harry Ayres vom Washington-Square existierte, fiel mir erst ein, als Matt Chaves eines Abends Kate im Atelier besuchte, während ich dort war. Wir trafen uns zum erstenmal außerhalb von Sutton.
Im ersten Augenblick erkannte ich ihn gar nicht. In Sutton,

wo er regelmäßig Bettinas Wochenendgast war, kleidete er sich immer so nachlässig, daß es schon fast affektiert wirkte; jetzt trug er einen gut geschnittenen Anzug, was ihm ein völlig verändertes Aussehen verlieh. Aber seine Art war die gleiche. Mein Schuldbewußtsein mußte sich deutlich auf meinem Gesicht abzeichnen, als ich ihm die Tür öffnete, er zeigte jedoch nicht die geringste Überraschung. Erst viel später wurde mir klar, daß für ihn in dieser Begegnung nichts Überraschendes gewesen war.

»Hallo, Harry«, sagte er freundlich. Kate und ich hatten Cribbage gespielt; sie saß in einem eleganten Kleid auf der Couch und wartete ungeduldig, daß ich meine Karten wieder aufnahm.

»Chaves, mein kleiner Modefex«, sagte sie herzlich, »du bist heute ein unwillkommener Gast. Nimm mit, was du haben willst, und verschwinde.«

Er stand stirnrunzelnd vor dem Bild auf ihrer Staffelei. »Das will ich nicht haben«, sagte er. »Was ist los, Kate, du bist wohl ganz zur abstrakten Kunst übergegangen?«

»Matt, ich fürchte, du bist im Herzen ein ganz altmodischer Bursche«, sagte sie seufzend.

»In der Kunst bin ich das wirklich, Ballou. Um es zu beweisen, lade ich dich jetzt sofort ins *Witney* ein. Die Hopper-Ausstellung ist eröffnet; dort kannst du dir anschauen, wie ein richtiger Maler das macht. Kannst vielleicht auch etwas lernen, Kate.«

»Ich liebe Hopper«, sagte ich.

Matt drehte sich zu mir um. »Wirklich, Harry? Dann sind wir wahrhaftig im gleichen Verein. Ich bin ein Hopper- und Sheeler-Anhänger durch und durch.«

»Letztes Jahr waren es Soyer und Evergood«, bemerkte Kate mit merklicher Bosheit.

»Und nächstes Jahr ist es vielleicht die Ballou«, erklärte er. »Aber nur nicht drängeln, Kate, du mußt schön warten, bis du an der Reihe bist. Sie wissen ja«, sagte er zu mir, »alle Künstler sind gleich. Im Herzen denken sie alle, es gebe keinen lebenden Maler, dessen bestes Bild wert sei, im Badezimmer aufgehängt zu werden. Selbst wenn sie es nicht zugeben, wenn man sie darauf festnagelt, kommt heraus, daß sie nur

einen einzigen Maler wirklich bewundern, und er ist schon lange tot. Ist es nicht so, Kate?«
»Natürlich nicht!«
»Das ist eine zu große Verallgemeinerung, Matt«, widersprach ich. »Denken Sie doch an die vielen Schüler, die sich um irgendeinen Meister scharen.«
Er grinste mich an. »O Verzeihung, Harry, ich vergaß ganz, daß Sie auch ein Maler sind. Übrigens waren Bettina und ich letzten Sonntag in Ihrer Dachkammer, um uns Ihre Bilder anzuschauen. Sie nahmen sich nie die Mühe, sie mir zu zeigen.«
Es war mir ziemlich gleichgültig, wie er über meine Arbeiten dachte, trotzdem fragte ich: »Wie haben sie Ihnen gefallen?«
»Die meisten sind schlecht, aber allmählich werden sie besser. Das letzte Bild, das Stilleben könnte man schon fast gut nennen. Es sieht aus, als hätten Sie jetzt nicht mehr Angst davor, was Sie mit Farben alles anstellen können. Ich sagte Betty, meiner Meinung nach müßte es gerahmt und unten aufgehängt werden.«
Das machte mich ein wenig verlegen. »War Bettina auch Ihrer Meinung?«
Kate schaute Matt an. »Ganz sicher war sie das«, sagte sie trocken. »Und ich wette, daß sie auch zum Hopper- und Sheeler-Verein gehört, nicht wahr, Matt?«
»Hast du etwas dagegen?«
Sie warf die Karten, die sie noch immer in der Hand hielt, auf die Couch. »Nein«, sagte sie, »aber wenn Harry mir nicht böse ist, daß ich es in seiner Gegenwart tue, so will ich dir sagen, was ich denke, Matt.«
»Worüber?« fragte ich ein wenig bestürzt.
»Über Bettina. Und darüber, daß Matt hingeht und um sie wirbt wie ein junger Liebhaber in einem Kitschroman.«
Ich war wie vor den Kopf geschlagen. »Ich wußte nicht einmal, daß es darum ging«, sagte ich, »aber nun, wo ich es weiß, kann ich wirklich nichts Unrechtes darin sehen. Und du weißt, Kate, ich spreche als Vater des Mädchens.«
»Und ich spreche als Matts Freund, Harry. Außer dir ist er der einzige Mensch in der Welt, aus dem ich mir etwas mache. Aber Bettina ist nicht die Richtige für ihn. Ich weiß genug über sie und ihr häusliches Leben, um zu beurteilen, daß sie,

obgleich sie schon einen Beruf ausübt, niemals wirklich erwachsen wurde. Sie ist ein untrennbarer Teil von Lucie, Harry! Matts Bemühungen, das zu ändern, sind völlig nutzlos. Sie zu heiraten, wäre das Dümmste, was er tun könnte. Du bist ihr Vater, Harry, aber wenn du die Dinge kritisch betrachten würdest, müßtest du mir recht geben.«
Matt applaudierte spöttisch. »Ein dreifaches Hoch für Kate, die mütterliche Freundin.«
Ich versuchte zu lächeln. »Ich muß gestehen, daß es ein komisches Gefühl ist, hier zu sitzen und über Angelegenheiten meiner Tochter belehrt zu werden, die ich längst hätte wissen sollen. Sagen Sie, Matt, haben Sie je mit ihr über Heirat gesprochen?«
»Mit ihr gesprochen! Lieber Freund, als ich Ihre Tochter vierzehn Tage kannte, habe ich ihr wöchentlich einmal vorgeschlagen, mich zu heiraten.«
»Aber sie hat nie ein Wort davon gesagt. Nicht einmal angedeutet.«
»Sie hat es Lucie erzählt«, sagte Kate.
»Ach so«, sagte ich und kam mir ziemlich dumm vor. »So wird es sein. Und Lucie hat dagegen Einspruch erhoben.«
»Keinen Einspruch«, sagte Matt. »Man könnte sagen, sie hat es mehr oder weniger auf die lange Bank geschoben, und da liegt es jetzt.«
Ich schüttelte den Kopf. »Ich kann Lucies Verhalten nicht recht begreifen«, sagte ich zögernd. »Vielleicht wenn ich mit ihr darüber spreche . . .«
»Es hätte viel mehr Sinn, wenn Sie mit Bettina sprechen«, sagte Matt. »Ich überlege mir tatsächlich schon seit einiger Zeit, ob ich Sie beide nicht miteinander bekannt machen soll. Ich glaube, Sie würden beide freudig überrascht sein.«
»Du begehst einen Fehler, Matt«, sagte Kate. »Ich kenne ein Dutzend Mädchen in New York, die sich darum reißen würden, dich zu heiraten. Überlaß es mir, das zu arrangieren, dann komme ich und tanze auf deiner Hochzeit.«
»Du weißt genau, ich mache nie Fehler, Kate. Und du wirst auf meiner Hochzeit in der Nicholas-Street tanzen.«
Sie blickte mich an. »Nein«, sagte sie. »Mit wem sollte ich dort tanzen, Matt?«

Darüber ärgerte ich mich ein wenig, und sie wußte es. Doch sie fuhr fort: »Schön, Matt, tu, was du willst. Aber Harry zuliebe denke daran, daß es gewisse Dinge gibt, die du sogar mit Bettina nicht erörtern kannst.«
»Ich bin verschwiegen wie das Grab, Lady.«
»Du bist ein Idiot, Chaves, aber leider bin ich so töricht, dich gern zu haben.«
»In diesem Fall« – er deutete zur Tür – »wie wäre es, wenn ihr mit mir zum *Whitney* kämet?«
»Harry«, sagte sie, und ich schaute sie an, noch immer ärgerlich über die unerwarteten Angriffe, »was ziehst du vor? Das *Whitney* oder Cribbage?«
»Ich würde mir die Hopper-Ausstellung sehr gern ansehen«, erwiderte ich.
»Also gut«, sagte sie unbekümmert, »dann bleiben wir hier und spielen Cribbage. Nimm deine Karten, Harry.«
Matt zögerte einen Moment, dann zog er fröhlich seine Jacke aus. »Ich glaube«, sagte er, »es ist höchste Zeit, daß ich endlich Cribbage spielen lerne.«

Obgleich Matt beinahe jedes Wochenende in meinem Haus verbrachte, hatte ich ihn bis dahin kaum gekannt. Jetzt, wo ich wußte, wie die Dinge standen, lernte ich ihn sehr gut kennen. Er wurde mir sehr sympathisch. Wenn er Bettina bat, mit ihm abends auszugehen, schaute sie fragend Lucie an, ob es ihr auch recht sei, bevor sie zusagte. Wenn er Pläne mit ihr besprach, ihr zum Beispiel den Vorschlag machte, statt Lehrerin in Sutton zu spielen, sich eine Stellung in New York zu suchen, so lehnte sie das leidenschaftlich ab. Über ihre Gefühle zu ihm konnte kein Zweifel bestehen – Desdemona ergab sich ihrem Othello –, aber gleichzeitig hatte ihre Beziehung all die erheiternden und aufregenden Eigenschaften eines Ritualtanzes – das Mädchen wich ständig zurück, der Mann folgte ihr mit ausgestreckten Händen, ohne daß es ihm gelang, sie zu berühren.
Als ich das eines Tages zu Kate sagte, erwiderte sie: »Glaubst du denn wirklich, daß sie heiraten?«
»Glaubst du das nicht?«
»Nein. Ich glaube, daß alles das, was das Mädchen bei Matt

anzieht – sein Ungestüm und seine betörende Art, seine Männlichkeit –, genau die Eigenschaften sind, die sie davon abschrecken, ihn zu heiraten. Bettina mag vielleicht jetzt ihre große Liebe erleben, Harry, aber zur Ehe wird sie sich einen netten ordentlichen Mathematiklehrer wählen und ein kleines weinumranktes Haus, in dem sie sitzen und sich über die Sonntagspredigt und eine Altersversorgung unterhalten können.«

»Ich habe sie beobachtet, wenn sie mit Matt zusammen ist. Sie ist so in ihn verliebt, daß es ihr fast den Verstand raubt.«

»Ja, samstags und sonntags und an allen gesetzlichen Feiertagen. Aber vielleicht hat Matt nicht den Wunsch, sein ganzes Leben an eine auf bestimmte Tage festgelegte Romanze zu verschwenden, Harry.« Ihre Lippen verzogen sich zu einem gequälten Lächeln. »Ich kann ihm aus meiner eigenen Erfahrung erzählen, daß das eine Menge Nachteile mit sich bringt.«

Das tat weh. Aber als ich das schmerzliche Gefühl überwunden hatte, blieb mir die klare Erkenntnis, daß sie recht hatte und es Zeit wurde, die Dinge mit Lucie ein für allemal zu klären.

12

Mein Vater, der sein Leben lang plötzliche Entschlüsse liebte, pflegte zu sagen, wer erst nachschaut, bevor er springt, kann sich meistens überhaupt nicht zum Springen entschließen. Obgleich sein Leben – und auch sein Tod – nicht gerade eine Bestätigung dieser Regel waren, erkannte ich doch, wie wertvoll sie in meiner Lage war.

Leider hatte ich wenig von der Natur meines Vaters geerbt. Statt dessen neigte ich zu langen grüblerischen Betrachtungen, die gewiß nicht zu einem raschen Entschluß führten. Selbst mit der Notwendigkeit vor Augen, die Bombe platzen zu lassen, plante ich alles wie ein Schachspiel voraus: Was ich sagen wollte, was Lucie antworten würde, was ich darauf antworten wollte und so fort.

Aus all diesen Tagen und Wochen behutsamen Planens wurde

natürlich das, was im wirklichen Leben immer daraus wird. Irgendein kleiner Zufall bringt die Sache ins Rollen, wenn man am wenigsten darauf gefaßt ist, und dann erscheint einem all das Planen so naiv und falsch, daß man sich wie ein Narr vorkommt, wenn man daran zurückdenkt.

In meinem Fall gab Matt den Anstoß, als er erwähnte, er habe seine Arbeit bei der Zeitschrift in der Stadt aufgegeben und eine Stellung als Deckarbeiter auf der Fähre in Sutton angenommen. Das war ein erstaunlicher Entschluß, selbst für jemand, der so wenig durchschaubar war wie Matt, aber als ich ihn fragte, tat er die Sache mit einem Achselzucken ab, und angesichts meiner eigenen Probleme ließ ich es dabei bewenden. Aber eine Woche später kam Lucie ganz unversehens darauf zu sprechen.

Sie saß vor ihrem Frisiertisch und schaute mich dabei im Spiegel an. »Ich wünschte, du würdest endlich energisch auftreten, Harry«, sagte sie.

»Was meinst du damit? Ich verstehe dich nicht.«

»Du verstehst mich sehr gut, Harry. Ich denke an das Glück deiner Tochter.«

Es war ein altgewohnter Schachzug von Lucie, sich auf »das Glück deiner Tochter« oder »das Glück deines Sohnes« zu beziehen, wenn es sich, wie sich immer bald herausstellte, einzig und allein um Lucies Glück handelte.

»Schön«, sagte ich, »was hat sie getan, worüber du dir Sorgen machst?«

»Es handelt sich nicht darum, was sie getan hat, sondern was sie tun könnte, Harry«, sagte sie in dringendem Ton, sich noch immer an mein Spiegelbild wendend. »Ich habe Angst davor, wohin dieses ewige Zusammensein mit Matthew Chaves noch führen kann.«

»Vielleicht zu einer Heirat«, sagte ich. »Und ich kann darin nichts Unrechtes sehen. Die Ehe ist ein ehrenwerter Stand.«

»Zieh die Sache nicht ins Lächerliche, Harry.«

Ich verlor langsam die Geduld. »Das tue ich nicht. Doch nebenbei, Lucie, kannst du mich nicht direkt anschauen? Es ist völlig gefahrlos, du wirst nicht zu Stein verwandelt.«

Sie drehte sich zu mir um. »Soll das heißen, du seist damit einverstanden, daß Bettina diesen Mann heiratet?« fragte sie.

»Ich wäre mit jedem Mann in der Welt einverstanden, den Bettina heiraten will, solange er nicht krank ist oder ein Verbrecher.«
Sie zog triumphierend die Augenbrauen hoch. »Und was macht dich so sicher, daß dieser hochnäsige Matthew kein Verbrecher ist?«
Ich schaute sie verblüfft an. »Was, um Himmels willen, hat dich auf einen solch verrückten Gedanken gebracht, Lucie?«
»Verrückt?« Sie betrachtete mich vom Kopf bis zum Fuß. »Oh, wie du deiner sicher bist, Harry! Bist immer der Mann mit den tiefen Gedanken, die für jeden um dich herum ein klein wenig zu tief sind, um sie zu verstehen. Bist immer der Stille, der in der Ecke sitzt und alle anderen auslacht, weil sie nicht so klug sind wie er.«
Ich spürte, wie ich vor Zorn zu zittern begann. »Lucie«, sagte ich, »das haben wir schon zu oft durchgehechelt, als daß es sich lohnte, es zu wiederholen. Das einzige, was ich wissen möchte, ist, ob du einen Grund hast, so über Matt zu reden.«
»Ich will dir einen Grund sagen! Meinst du nicht, daß ein Mann, der Hals über Kopf eine gute Stellung aufgibt, um sich irgendwo zu verstecken, dazu einen triftigen Grund haben muß?«
»Ein Mann kann ein Dutzend Gründe haben, um eine Stellung, selbst eine sehr gute Stellung, aufzugeben! Und was das Verstecken anbelangt – wenn Matt sich vor jemand verstecken möchte, so wäre das die dümmste Art, es zu tun. Hör, Lucie, jemand eines Verbrechens zu verdächtigen, nur weil du ihn nicht leiden kannst, dazu solltest sogar du zu vernünftig sein!«
Sie lächelte, und trotz meiner Wut mußte ich staunen, wie anders dieses boshafte Kräuseln ihrer Lippen wirkte als das warme gutmütige Lächeln, das sie zeigte, wenn sie glaubte, ein Außenstehender könne sie sehen.
»Vielleicht bin ich vernünftiger, als du denkst, Harry. Jedenfalls vernünftig genug, daß ich diesen Zeitschriftenverlag anrief, in dem er arbeitete, und geradewegs mit seinem Chef, Wallace Morrison, sprach. Und er fand es keineswegs lächerlich, als er hörte, daß ich wegen Matthew Chaves anrief!«
»Lucie, wie konntest du so etwas tun . . .«

»Morrison ließ deutlich durchblicken, daß dein Freund Matthew seine Stellung einfach im Stich ließ, daß sie sehr darauf aus sind, ihn zu erwischen, und froh sind, daß ich anrief und ihnen sagte, wo er steckt. Was hältst du davon, Harry?«
Ich wußte natürlich nicht, was ich davon halten sollte, aber da ich Lucie kannte, wünschte ich, ich wäre statt ihrer am Telefon gewesen, um aus der Sache klug zu werden, die sie vielleicht völlig verdrehte. Ich sagte ihr das ganz offen.
»Wenn dir das so wenig ausmacht«, erwiderte sie, die Augen zusammenkneifend, »muß ich annehmen, daß dich auch seine Unsittlichkeit nicht im geringsten stört!«
Ich schüttelte müde den Kopf. »Lucie, warum bist du nicht aufrichtig? Der Mann mag dir aus vielen Gründen verhaßt sein – weil er nachlässig ist in seiner Kleidung und sich nicht fürchtet, dir in die Augen zu schauen oder dir zu widersprechen –, aber was hat sein moralisches Verhalten damit zu tun? Wenn er sich unsittlich benommen hat, so hat das auch Bettina getan. Zu dieser Art Sünde gehören nämlich zwei, und von dieser Sünde redest du doch, nicht wahr?«
»Ja«, sagte sie, »aber ich spreche nicht von Bettina.«
»Schön, von wem sprichst du dann?«
»Von dieser Frau nebenan. Dieser Ballou!«
Ich wagte in diesem Augenblick nicht, mein eigenes Gesicht im Spiegel anzusehen. Die gleiche krankmachende Eifersucht, die mich erfaßt hatte, als ich erfuhr, wie nah Kate mit Matt befreundet war, packte mich abermals. Aus meinem Gesicht war sicher alle Farbe gewichen, meine Knie waren plötzlich ganz weich, ich mußte die Hand ausstrecken und am Bettpfosten Halt suchen.
»Harry, was ist los?« fragte Lucie.
Ich versuchte mich zu fassen. »Nichts. Vielleicht ist mir übel von all dem Unsinn.«
»Dann glaubst du also nicht, daß er ein Verhältnis mit dieser Frau hat, direkt vor unsrer Nase?«
»Nein«, sagte ich und meinte es so. »Das glaube ich nicht.«
»Wieso bist du dessen so sicher?«
»Ich bin sicher, damit basta«, schrie ich. »Kate würde nie ...«
Lucie starrte mich an.
»*Kate*, Harry?« flüsterte sie. Sie brauchte nicht zu fragen; der

Ausdruck meines Gesichtes sagte ihr alles. »Du meinst, daß du und diese Frau ...«
»Ich habe schon lange vorgehabt, mit dir darüber zu sprechen, Lucie«, sagte ich mit dem Mut der Verzweiflung. »Ich habe immer nach einem Weg gesucht, wie ich es dir sagen könnte, aber ich glaube, ich habe zu lange gezögert. Es tut mir aufrichtig leid, daß du es auf diese Art erfahren mußtest.«
»Du und diese Frau«, wiederholte sie wie erstarrt. Dann schien ihr die volle Wahrheit zu dämmern, ihre Stimme klang schrill: »Das war gerissen, das muß ich sagen! Du und diese Frau! Wie mögt ihr euch über mich lustig gemacht haben! Harry Ayres und diese Hure lachten über mich und die dreiundzwanzig Jahre, die ich für ihn die Närrin gespielt habe!«
Ich hätte sie am liebsten geschlagen, aber als ich auf sie zuging, wich sie keinen Schritt zurück. Sie kannte mich zu gut und wußte genau, daß mich ihre Worte nicht nur wütend machten, sondern mit einem lähmenden Gefühl der Schuld erfüllten. Und sie hatte recht.
»Lucie«, sagte ich flehend, »ich würde alles darum geben, wenn ich diese Angelegenheit ordnen könnte, ohne dich zu verletzen. Aber da das nicht geht, laß uns wenigstens versuchen, nichts zu sagen und zu tun, was wir später bereuen würden.«
»Bereuen?« Sie schlug sich auf die Brust, gleichfalls eine altgewohnte Geste. »Was sollte ich zu bereuen haben, Harry? Daß ich einen Mann heiratete, der jedem leichten Mädchen ins Garn läuft, die ihn nur zweimal anschaut? Malstunden!« schrie sie. »Ah, tatsächlich, du mußt eine Menge über Kunst bei ihr gelernt haben, Harry. Und deine Reisen nach New York! Erholungsreisen für den müden Geschäftsmann, nicht wahr? Und was erwartest du, daß ich nun tue, Harry? Soll ich neben dir im Bett liegen und darüber nachdenken, wie viele es schon vor *ihr* gegeben hat?«
»Darüber brauchst du dir keine Gedanken zu machen. Es hat nie eine andere gegeben außer ihr. Und es wird nie eine andere geben.«
»Es wird nie eine andere geben?« wiederholte sie, und in ihrer Stimme klang echte Bestürzung. »Was soll das heißen? Was hast du vor?«

»Lieber Gott, Lucie, was glaubst du denn, worüber wir reden? Ich möchte die Scheidung.«

Das schien sie aus der Fassung zu bringen. »Die Scheidung? Nach dreiundzwanzig Jahren die Scheidung?«

»Und warum nicht? Hat die Ehe mit mir dir so viel bedeutet, daß du es nicht ertragen kannst, mich aufzugeben? Sei aufrichtig, Lucie! Vor dreiundzwanzig Jahren hast du den Mann geheiratet mit den besten Kleidern, dem größten Auto, dem meisten Geld von allen in der Nicholas-Street, wo die Konkurrenz immer groß war. Drei Jahre später, als alles in die Luft flog, hast du mir rundweg erklärt, ich sei eine Niete, die größte Enttäuschung deines Lebens. Und in der folgenden Zeit hast du deine Meinung nie geändert, ist es nicht so, Lucie?«

Sie war sehr blaß, hatte sich aber offensichtlich wieder in der Gewalt. »Langsam beginne ich zu begreifen, Harry. Irgendwie – ich weiß nicht, wann und wo –, irgendwie habe ich dir großes Unrecht getan. Die Tatsache, daß da eine andere Frau ist, eine gut aussehende Frau, zehn Jahre jünger als ich, die keine grauen Haare bekam, während sie deine Kinder aufzog, hat nichts zu bedeuten. Nein, ich habe dir irgendwie Unrecht getan und soll nun mit Sack und Pack das Haus verlassen, in dem ich dreiundzwanzig Jahre gelebt habe!«

»Lucie«, protestierte ich, aber sie schnitt mir das Wort ab.

»Du hast dein Teil gesagt, Harry, nun hör mich an! Wenn ich nicht wenigstens fünfzig Zeugen hätte, die meine Partei ergreifen würden, so wäre ich meines Rechtes vielleicht nicht so sicher. Aber es gibt keinen Menschen in der Nicholas-Street, der nicht bezeugen würde, was für eine gute Frau und Mutter ich immer gewesen bin. Aber sie brauchen das nicht zu bezeugen, weil es keine Scheidung geben wird!«

»Du redest Unsinn, Lucie. Erstens habe ich nie gesagt, du müßtest das Haus verlassen, denn ich werde selbst gehen. Zweitens gibt es auf all das nur eine Antwort, nämlich Scheidung, und du hast gewiß alle Beweise in der Hand, die du dazu brauchst.«

Sie lächelte mich an in ihrer zuckersüßen, giftigen Art. »Gewiß habe ich das, Harry, aber ich muß eben gute Miene zum bösen Spiel machen. Denn ich bleibe dabei, es gibt keine Scheidung.«

»Wenn du glaubst, du könntest mich daran hindern, so muß ich dir erklären, daß es noch mehr Möglichkeiten gibt, die Scheidung zu erreichen. Das Gesetz ist eine komplizierte Angelegenheit, und wenn sich zeigt, daß es ein Schlupfloch gibt, durch das ich hindurchkriechen kann, so werde ich es benutzen.«
»Ich denke nicht an das Gesetz, Harry.«
»Woran denkst du dann?«
»Ich denke an diese Frau, Harry. Fühlst du wirklich so für sie, wie du behauptest?«
»Wir lieben uns, Lucie.«
»Das klingt ja fast rührend.«
»Was erwartest du eigentlich von mir?« sagte ich ärgerlich. »Soll ich auf die Knie fallen und es beschwören?«
»In deinem Alter? Nein, ich will dir sagen, was ich von dir erwarte. Ich erwarte, daß du deine Scheidungspläne ein für allemal vergißt, Harry, weil diese Frau die Hölle auf Erden haben wird, wenn du das nicht tust!«
Sie scherzte nicht. Lucie war zu allem fähig, und blitzartig schwebten mir ein Dutzend phantastischer Bilder vor, wie sie Kate zur Rede stellte, quälte und beleidigte. Es fiel mir nichts ein, was ich angesichts dieser Drohung hätte sagen können.
Lucie nickte nachdrücklich. »Ich meine es so, Harry. Ich schwöre beim Leben meiner Kinder: Wenn du versuchst, eine Scheidung durchzudrücken, werde ich dafür sorgen, daß diese Frau das hundertfach bezahlt.«
»Ich kann sie nicht aufgeben, Lucie! Mein Gott, jetzt, wo ich sie gefunden habe – du weißt nicht, was sie mir bedeutet.«
»Davon habe ich kein Wort gesagt, Harry. Ich sprach von der Scheidung.«
Sonderbarerweise entsetzte mich das mehr als alles andere. »Du meinst«, erwiderte ich ungläubig, »daß selbst, wenn ich sie weiterhin besuche – wenn sich nichts ändert . . .«
»Ich hoffe, daß du das nicht tust. Nicht nur weil es unanständig und gemein wäre, sondern weil sie es nicht wert ist.«
»Wenn ich es aber doch tue?«
»Dann muß ich, wie ich schon sagte, gute Miene zum bösen Spiel machen. Aber den Unsinn mit der Scheidung mußt du dir aus dem Kopf schlagen. Du darfst es nicht einmal mehr erwähnen.«

Ich schüttelte ratlos den Kopf. »Wie kannst du aushalten zu wissen, was vor sich geht, und so zu tun, als sei nichts geschehen. Ich verstehe dich nicht, Lucie.«
»Vielleicht, weil du nicht weißt, wie einer Frau zumute ist, Harry. Es ist hübsch, in einem Haus an der Nicholas-Street zu wohnen, aber weniger hübsch, wenn man sieht, wie alle Möbel im Haus auseinanderfallen. Es ist hübsch zu hören, wie gut Freda und Rose es haben, und von den Reisen, die sie unternehmen, aber es ist weniger hübsch, wenn ich daran denke, daß die weiteste Reise, die ich je machen werde, eine Fahrt nach New York ist, falls mein Mann sich je dazu aufschwingt, mich einzuladen. Alles, was Rose und Freda besitzen, habe auch ich ein paar Jahre lang besessen, Harry, dann hast du es mir genommen, nur weil du's nicht verstanden hast, dein Geschäft richtig zu führen. Aber es gibt etwas, das du mir nicht nehmen kannst. Ich bin Mrs. Harry Ayres, und viele Leute in Sutton und besonders hier in der Nicholas-Street grüßen mich allein aus diesem Grunde mit Freuden. Was sie nicht wissen, tut ihnen nicht weh, und somit tut es auch mir nicht weh. Kannst du das nicht begreifen?«
Ich wußte damals nicht, ob ich das konnte oder nicht. Ich wußte nur, daß Kate alles erfahren mußte und es vielleicht das Ende dessen bedeutete, das zu behalten ich so verzweifelt bemüht war.

13

Kate hatte einmal eine bittere Bemerkung gemacht, wie widersinnig es sei, wenn ein Mann alle paar Wochen hundert Meilen weit reisen müsse, um eine Frau zu treffen, die seine nächste Nachbarin war. Diese Widersinnigkeit kam mir nie stärker zum Bewußtsein als in der folgenden Woche. Kate verbrachte diese ganze Woche in Sutton, aber ich machte keinen Versuch, sie zu sprechen.
Obgleich ich einen Schlüssel zu ihrem Haus an meiner Kette trug, hatte ich es bisher noch nie betreten. Es ist nämlich etwas anderes, ob die Augen der Nicholas-Street gleichgültig

über einen hinweggehen, oder ob man die Dummheit begeht, ihre Aufmerksamkeit zu erregen, und durch Besuche in Kates Haus wäre das sicher geschehen.
So ließ ich die ganze Woche vorübergehen, doch als Kate dann nach New York fuhr, folgte ich ihr am nächsten Tag. Es war entsetzlich heiß, der erste wirkliche Sommertag, und alles schien schiefzugehen. Ich war zu warm angezogen, ich hatte in meinem Hotel kein Zimmer bestellt, und als ich hinkam, war es vom Keller bis zum Dach von College-Professoren belegt. So mußte ich fast eine Stunde in der Hitze und dem lärmenden Verkehr umherirren, bis ich endlich unterkam.
In der Annahme, daß ich mit Lucie zu einer befriedigenden Lösung kommen würde, hatte ich vor einigen Wochen für Kate einen Ring bestellt mit einem kleinen Smaragd, den sie in einem Schaufenster bewundert hatte. Er kostete mehr, als ich mir eigentlich leisten konnte, und da ich nicht mit Lucies Triumph gerechnet hatte, kam mir diese Verschwendung plötzlich wie Ironie vor, als ich den Ring, in den *Kate und Harry* eingraviert war, abholte.
Im Haus am Washington Square brauchte ich all meinen Mut, um die knarrenden Stufen hinaufzusteigen, und als Kate mich erblickte, las sie mir meine Stimmung sofort vom Gesicht ab.
»Was ist passiert, Harry?«
»Hier riecht es ganz abscheulich nach Terpentin, findest du nicht?«
»Nicht mehr als sonst.« Sie stieß die Flurtür auf. »So, vielleicht bringt der Geruch die alten Schlafhauben von drüben zum Leben.«
Ich sank auf einen Stuhl, während sie besorgt neben mir stehen blieb. »Ich glaube, die Hitze hat dich so erledigt. Du bist an New York im Sommer noch nicht gewöhnt. Wie wäre es mit einem kleinen Drink zum Aufmuntern?«
»Nein, vielen Dank«, sagte ich und gab ihr das Etui mit dem Ring. Sie öffnete es erstaunt und betrachtete dann bewundernd den Ring.
»Harry«, sagte sie zögernd, »weil ich einmal gesagt habe, er gefalle mir – oh, das ist ein phantastisches Geschenk für jemand, der nach Terpentin stinkt wie ich im Augenblick, und jetzt mußt du den Geruch eben in Kauf nehmen.«

Sie beugte sich herab und küßte mich, und in diesem Augenblick schwand all meine Qual in dem Glück, sie zu berühren. Ich hielt sie fest, bis uns beiden der Atem ausging, und als sie sich wieder aufrichtete, sagte ich: »Du bist nicht nur reich und schön, sondern eine Frau, die niemals ein Geschenk anschaut und sagt: ›Das hättest du nicht tun dürfen.‹ Was könnte ein Mann sich noch mehr wünschen?«

»Nichts«, erwiderte sie fröhlich. »Ein Mann, dem ein Ausbund an Tugend wie ich auf jeden Wink gehorcht, müßte verrückt sein, wenn er sich noch mehr wünschte. Oder tot«, fügte sie bedeutungsvoll hinzu.

»Wahrscheinlich tot«, stimmte ich zu.

»Solange das feststeht ...« Sie hielt den Arm hoch, die Hand nach hinten gebogen, mit der Geste, die eine Frau annimmt, wenn sie sich mit ihrem Schmuck brüstet. »Nur eines hast du vergessen zu sagen, Harry: den Anlaß. Ist es ein verfrühtes Geburtstagsgeschenk? Du mußt dazu doch einen Anlaß haben?«

So, nun kam es. Es gab keine Möglichkeit zur Flucht. Selbst der Versuch, die Tatsachen abzuschwächen, machte sie nicht erfreulicher. Vielleicht wäre es ritterlicher gewesen, Lucies Hauptwaffe, ihre Drohungen gegen Kate, wegzulassen, aber ich glaube, das wäre genau die billige Art von Ritterlichkeit gewesen, die Kate verabscheute, und hätte zu einer traurigen Reihe von Erklärungen und Lügen geführt, die sie doch nicht zu täuschen vermocht hätten. Deshalb ließ ich nichts weg. Als ich fertig war, saß Kate lange da und drehte an ihrem Ring, ohne aufzuschauen. Schließlich brach sie das Schweigen.

»Weißt du, Harry, auf ihre Art ist sie eine bemerkenswerte Frau. Sie weiß, was sie will, sie versteht es zu nehmen und auch zu behalten. Das zu tun, war ich nie imstande.«

»Denkst du, es sei falsch gewesen, daß ich nachgab?«

»Ich denke, daß dir und mir die gleichen Bilder vorschweben, Harry, Schlagzeilen wie: *Vater verrät seine Kinder um ein Liebesnest! Rothaarige Malerin zerstört ein Heim!* Glaubst du wirklich, Harry, ich sei tapfer oder robust genug, um derartigen Dingen die Stirn zu bieten? Dann kennst du mich nicht! Ich würde mit Freuden für dich sterben, aber irgendwie müßte damit ein wenig Würde verbunden sein.«

»Können wir dann so weitermachen, Kate?« Ich fragte, weil ich ein wenig Zuspruch brauchte, aber zu meiner Bestürzung antwortete sie: »Das weiß ich nicht.«
»Wie meinst du das?«
»Ich meine, daß sich alles verändert hat, weil Lucie Bescheid weiß. Selbst wenn sie nichts dagegen unternimmt, so *weiß* sie es doch.«
»Aber da sie es so haben will, wieso könnte das zwischen uns etwas ändern?«
»Es ist, als hätten wir sie von nun an hier bei uns im Zimmer. Siehst du nicht ein, wie das die Lage verändert?«
»Du machst ein Gespenst aus ihr, Kate, mit dem du dir selbst Angst einjagst.«
Sie zuckte mutlos die Achseln. »Vielleicht ist jedes Gespenst sozusagen ein Produkt des eigenen Gewissens, Harry, und trotzdem ist es abscheulich, wenn man spürte, wie es einen anstarrt.«
»Was willst du tun?« fragte ich. »Mich fortschicken, damit du deinen Frieden hast?«
Einen Augenblick machte es mir ein schäbiges Vergnügen zu sehen, wie alle Farbe aus ihrem Gesicht wich, aber gleich darauf war ich auf mich selbst wütend. »Kate«, sagte ich bittend, »ich habe es nicht so gemeint.«
Sie schüttelte den Kopf. »Ich habe es nicht anders verdient.«
»Sprich nicht wie eine Närrin.«
»Ich spreche nicht wie eine Närrin, Harry, ich spreche wie Lucie. Die Art, wie ich bisher gehandelt habe, die Art, wie ich dich dazu anstachelte, die Sache mit ihr ins Reine zu bringen, weil ich nicht zufrieden war mit dem, was ich hatte, das ist genau das, was Lucie tun würde, wäre sie an meiner Stelle. Und deshalb schäme ich mich.«
»Glaubst du denn, dein Wunsch, ich solle die Dinge ins Reine bringen, sei verkehrt gewesen? Glaubst du, man könne dir einen Vorwurf machen, weil ich eine heillose Verwirrung angerichtet habe?«
»Verstehst du denn nicht, Harry? Es handelt sich nicht darum, wer recht oder unrecht hat und wer Vorwürfe verdient. Vielleicht steckt in allen Frauen ein Stückchen Lucie. Sie treiben ihre Männer zu Entschlüssen, die sie von selbst nie gefaßt

hätten, und wenn die Sache schiefgeht, tun sie, als ob der Mann allein daran schuld sei. Genauso habe ich gehandelt, und deshalb schäme ich mich.«

»Du bist nicht aufrichtig gegen dich selbst, Kate.«

»O doch, das bin ich. Ich bin so aufrichtig, daß es weh tut. Ich sah nur, daß Trennung das Herz nicht zärtlicher macht, daß es Zeiten gab, in denen ich nicht einmal wußte, wie dein Gesicht aussah oder wie deine Stimme klang. Dann erschrak ich, und Lucie wurde in mir wach. So ist es wahrscheinlich bei jeder Frau, sobald sie sich um eines Mannes willen zu quälen beginnt.«

Ich nahm sie in die Arme und spürte, wie ihre Starrheit sich löste. »Du machst mich ganz verrückt, wenn du so mit dir selbst im Streit bist.«

Sie schaute mich an. »Du siehst ganz mitgenommen aus«, sagte sie spottend. »Aber ich kann dir keinen Vorwurf machen nach allem, was du durchgemacht hast.«

»Mitgenommen oder nicht«, sagte ich, »jedenfalls weiß ich, was ich will.«

»Das nützt dir wenig, wenn du mir die Rippen eindrückst.«

Ich ließ sie sofort los, aber sie zog mich wieder an sich und hielt meine Arme fest. »Harry«, sagte sie leidenschaftlich, »versprichst du mir, daß du nie mehr so was sagst?«

»Was?«

»Daß ich dich fortschicken will, dich nie mehr wiedersehen will. All das.«

»Du weißt, daß ich es nicht so gemeint habe, Kate! Aber ich war so wütend.«

Ich wollte sie gerade küssen, als eine piepsige Stimme von der Tür her erklang.

»Miss Ballou!« tönte es, während wir beide erschrocken herumfuhren. »Miss Ballou, ich möchte Ihnen etwas sagen!«

Es war eine winzige alte Dame, so grau und zart wie ein Häufchen Asche; trotzdem stand sie da wie ein strafender Richter.

Kate holte tief Atem. »Ja, Miss Frazee?«

»Aus diesem Raum dringt ein ganz abscheulicher Geruch von Farbe, Miss Ballou, meine Schwester und ich sind schon ganz krank.«

»Das tut mir schrecklich leid, Miss Frazee. Ich habe vergessen, daß die Tür offensteht. Ich werde sie zumachen.«
»Tun Sie das«, sagte die alte Dame trocken. »Und ich möchte Ihnen raten, sie geschlossen zu lassen, während gewisser Bekundungen, die ehrbare Bewohner des Hauses nicht gern mit ansehen möchten.«
Nach diesem letzten Hieb marschierte sie wie ein Grenadier über den Gang davon. Kate schloß die Tür und lehnte sich erschüttert dagegen.
»Ist sie nicht wundervoll, Harry? Wie eine Gestalt aus Henry James, ganz genau.«
Ich war noch benommen vor Schreck. »Da reden wir von Gespenstern«, sagte ich und stockte.
»Ich weiß, Harry«, sagte sie ruhig. »Ich glaube, als sie zu reden anfing, haben wir beide das gleiche gedacht. Lucie sei hier, und gleich werde die Hölle losbrechen. War es nicht so?«
»Ja, genau.«
Sie spielte lange mit dem Ring an ihrem Finger und sagte dann plötzlich: »Lucie Ayres – Mrs. Damokles.«
»Ich schere mich den Teufel darum, Kate«, sagte ich ärgerlich. »Wir halten uns an das, was wir haben. Niemand kann es uns nehmen. Ich werde mir etwas ausdenken; früher oder später wird mir etwas einfallen, aber bis dahin laß uns so fröhlich sein wie nur möglich. Das ist das einzige, um was ich dich bitte, Kate!«
Sie fuhr nachdenklich mit dem Finger über den Smaragd. »Mehr können wir tatsächlich nicht tun, Harry. Aber es wird nicht leicht sein. Glaube mir, Liebster, es wird nicht leicht sein.«

Sie hatte natürlich recht. Keine Situation bleibt, wie sie ist. Sie mag sich nach der einen oder anderen Richtung verändern, aber ändern muß sie sich.
Es kam unausweichlich, als der Frühling in den Sommer überging. Lucies Schatten stand immer drohender vor mir, und obgleich sie mit keinem Wimpernzucken andeutete, was sie von meinem Kommen und Gehen dachte – ich konnte die Vorstellung nicht abschütteln, daß sie Bescheid wußte und sich ihre Gedanken machte. So waren meine Zusammenkünfte mit Kate

von Spannungen gezeichnet, die sie immer mehr zur Qual machten. Wenn Kate jetzt gesagt hätte: »Um Gottes willen, Harry, laß uns Schluß machen!« hätte mich das nicht überrascht. Und wenn *ich* das gesagt hätte, so würde sie wahrscheinlich genauso reagiert haben.
Aber wie sich zeigte, hatte auch Lucie etwas zu sagen, und da Lucie eben Lucie war, rückte sie sofort mit der Sprache heraus.

14

Die Unterredung fand im Schlafzimmer statt, und während wir sprachen, hörte ich die ganze Zeit Dicks Plattenspieler am andern Ende des Ganges Walzermusik spielen. Es war nicht die mir vertraute Art eines Straußwalzers, sondern etwas, das klang, als habe der Komponist sich qualvoll darin verbohrt. Die Musik war mal laut, mal leise. Wenn sie laut klang, erhoben wir unsre Stimmen, wenn sie gedämpft klang, sprachen auch wir gedämpft, und eine Zeitlang hatte ich das Gefühl, all unser Reden habe nicht die geringste Bedeutung, es sei nur eine Begleitmelodie zu dieser Musik.
»Ich habe dich gewarnt, Harry, wohin Bettinas Beziehungen mit Matthew führen könne.«
»Du meinst, sie wird ihn heiraten? Hat sie dir das gesagt?«
»Wenn es auf sie ankäme, brauchte man nur noch den Zeitpunkt zu bestimmen. Und ich muß noch dankbar sein, daß sie mich nicht vor vollendete Tatsachen stellt.«
»Warum auch nicht?« sagte ich. »Was hätte sie daran hindern sollen, auszureißen und uns eine Karte von den Niagara-Fällen zu schicken?«
»Vielleicht die Tatsache, daß sie mit jemanden ausreißen würde, der es sich nicht einmal leisten kann, eine Fahrkarte zu den Niagara-Fällen zu kaufen. Jemand, der es vorziehen würde, sich in deinem Haus festzusetzen, an deinem Tisch zu essen und seine Frau für sich arbeiten zu lassen. Ist dir das wirklich gleichgültig, Harry?«
»Spielt es denn eine Rolle, was für eine Meinung ich habe, Lucie? Besonders, da du offenbar soviel besser weißt als ich,

was Matt besitzt und was er im Sinn hat.«
Sie lächelte sauersüß. »Deine Tochter ist andrer Meinung, Harry. Nach dem, was sie sagt, kennst du Matthew Chaves *sehr* gut und hältst ihn für einen *sehr* netten jungen Mann. Falls dir das neu sein sollte, brauchst du nur Bettina zu fragen; sie wird es dir bestätigen.«
»Ich brauche sie nicht zu fragen, Lucie. Ich kenne Matt, und ich bin nicht der Meinung, daß Bettina einen Irrtum begeht, wenn sie ihn heiratet. Aber selbst wenn ich das denken würde, könnte ich nichts dazu tun, sie von ihrem Entschluß abzubringen.«
»Doch, das könntest du.«
»Warum sollte ich etwas dagegen unternehmen?«
»Weil du ihr viel Unglück ersparen könntest, Harry. Ich möchte nicht, daß sie den gleichen Fehler begeht wie ich.«
Ich fühlte einen Geschmack im Mund, als hätte ich in faules Obst gebissen.
»Vielleicht erweist sich Matt als kein so schlechtes Geschäft, wie ich es für dich war«, sagte ich.
Das machte sie wütend. »Dein Spott ändert nichts daran, Harry! Du und ich, wir wissen beide, was vorgeht, und wenn Bettina es auch wüßte, würde sie vielleicht über den Wert deiner persönlichen Meinung anders denken. Denn jede Meinung ist genau soviel wert wie der Mensch, der sie ausspricht, nicht wahr, Harry?«
»Lucie«, sagte ich langsam, »es ist dir offenbar ein Greuel, daß Bettina von meiner Meinung etwas hält.«
»Ja, wenn diese Meinung sie dazu treibt, sich für ihr Leben unglücklich zu machen.«
»Ich glaube, du wärest fähig, ihr zu erzählen, wie es zwischen Kate und mir steht.«
»Ich würde ihr erzählen, daß ihr Vater und ihr netter junger Mann viel mehr gemeinsam haben, als sie es sich träumen läßt – eine hübsche ›Dame‹, die sich nebenan niederließ, damit sie ihr abwechselnd das Bett wärmen können!«
Die Worte hallten durchs Zimmer, sie drangen wie Gift in mein Ohr, und die ganze Zeit dröhnte dieser ewige Walzer den Gang entlang wie eine darauf abgestimmte Melodie.
»Mit anderen Worten«, sagte ich schließlich, »du hast eine

kleine Erpressung vor. Entweder rate ich Bettina ab, oder du gehst und erzählst ihr deine Geschichte. So meinst du es doch, nicht wahr?«

»Ich erwarte nicht von dir, daß du mit Bettina sprichst, Harry.«

Ich schaute sie verblüfft und zornig an. »Was, um's Himmels willen, willst du dann?«

»Ich will, daß du mit *ihm* sprichst. Er soll verschwinden. Es ist mir egal, wie du es ihm beibringst, vorausgesetzt, daß er sich nie wieder blicken läßt. Wenn er erst weg ist, wird sie ihn rasch vergessen.«

Sie sagte das mit einer entsetzlichen Eindringlichkeit, mit flehend gefalteten Händen, als sei sie auf die Folter gespannt und die Worte würden ihr Satz um Satz herausgepreßt. Es war eine Schwäche von mir, daß ich sie verstehen konnte, denn das verschaffte ihr allen Vorteil. Diese Art von Schwäche war Lucie unbekannt. In ihrer eindimensionalen Welt kam man niemals in die Versuchung, mit den Gefühlen eines andern zu denken oder die Welt mit seinen Augen zu sehen.

»Schau«, sagte ich, »Matt ist kein Kind mehr. Wieso glaubst du, daß er mir überhaupt zuhören würde, wenn ich den gestrengen Vater spiele?«

»Er wird zuhören. Er muß.«

»Aber wenn er es nicht tut?«

»Das könnte höchstens der Fall sein, wenn es dir nicht wirklich ernst ist. Und wenn du das im Sinn hast, will ich dir sagen, was ich dann tun werde. Ich gehe zu dieser Ballou und bringe die Sache zwischen ihr und dir in Ordnung. Wenn es keinen anderen Weg gibt, dich zur Einsicht zu bringen, wie du als Vater zu handeln hast, so bleibt mir keine andere Möglichkeit. Du bist nicht berechtigt, nur zu deinem Vergnügen zu leben – niemand in der Welt hat dazu das Recht. Wenn du auf deine Tochter keine Rücksicht nehmen willst, so werde ich dich zwingen, auf mich Rücksicht zu nehmen. Mehr habe ich dir nicht zu sagen.«

Diese glatte Heuchelei war atemberaubend. »Kate Ballou in diese Sache hineinzuziehen ...«, begann ich, aber sie unterbrach mich mit schriller Stimme.

»Versuche nicht, den Gerechten zu spielen, Harry Ayres!«

schrie sie. »Tu nicht so, als wäre *ich* es, die *dir* unrecht getan hat! Von uns beiden habe nur *ich* das Recht zu reden. Was glaubst du, wie mir jedesmal zumute ist, wenn ich hinausschaue und sehe, wie dieses Weib mit frecher Stirn die Straße hinuntergeht und sich innerlich über mich lustig macht? Glaubst du, für mich gäbe es noch irgendeine Freude im Leben, mit diesem Schmutz vor meiner Tür?«

Aus und vorbei. Das war alles, was ich in diesem Augenblick denken konnte. Ich hatte meine Züge gemacht wie bei einem Schachspiel, und das Spiel war von Anfang an verloren gewesen. Ein Mann von meiner Wesensart ist zu sehr von seinem Gewissen belastet; das macht ihn so schutzlos wie eine Muschel ohne Schale.

Ich schaute Lucie an, und plötzlich fiel mir auf, daß die Platte, die Dick gespielt hatte, abgelaufen sein mußte. Alles hatte hübsch zusammen einen Höhepunkt erreicht. Nichts war geblieben als Verzweiflung. Zuerst mußte nun dieses Gespräch mit Matt stattfinden, ob in Lucies Sinn oder in meinem oder Matts, das wußte ich noch nicht. Aber sehr wahrscheinlich, dachte ich traurig, würde es so kommen, wie Lucie es wünschte.

Samstag abends hatte er auf der Fähre Spätschicht, und die Vorstellung, dort zu sitzen und auf ihn zu warten, war nicht sehr erfreulich. Aber wenn ich mit ihm sprechen wollte, blieb nichts anderes übrig, als zur Fähre hinunterzufahren. Ich fuhr so rasch rückwärts aus der Garage, daß ich fast Dick über den Haufen rannte, der gerade den Fahrweg entlangkam. Er schrie gellend auf, ich trat fast gleichzeitig auf die Bremse, und dann lief er zurück und lehnte sich, blaß wie der Tod, an die Seitentür des Hauses.

»Dick«, rief ich, »bist du verletzt?«

Er schüttelte den Kopf.

Ich sah, wie seine Brust sich hob und senkte, während er mühsam nach Atem rang. Dann nickte er. »Mir fehlt nichts, Vater«, sagte er. »Wirklich, es ist alles in Ordnung.«

»Entschuldige Dick, ich war ganz in Gedanken. Das nächstemal werde ich besser aufpassen«, sagte ich und dachte, während ich den Wagen auf die Straße lenkte, das hätte gerade noch gefehlt. Wenn Dick etwas passierte, das würde das Bild abrunden, und dann bliebe mir nichts anderes übrig, als mit dem Wagen zum Fluß zu jagen und ins Wasser hinein, um all meinen Nöten ein für allemal ein Ende zu machen.

Während ich weiterfuhr, versuchte ich, mir etwas Logisches auszudenken, was ich Matt sagen konnte. Doch als ich zur Schiffslände kam, war zwar die Fähre da, aber nicht Matt. Ein anderer Mann machte Dienst, ein großer hagerer Junge mit einem Adamsapfel.

»Matt?« sagte er. »Er ist vor zehn Minuten weggegangen, als die Fähre reinkam.«

»Wissen Sie, wo ich ihn finden kann?«

Der Junge grinste. »Weiß nicht«, sagte er, »aber wenn Sie nach der prachtvollsten Rothaarigen Ausschau halten und nach dem piekfeinsten Wagen, der Ihnen je vor Augen kam, werden Sie ihn vermutlich rasch entdecken.«

»Was wollen Sie damit sagen?«

»Nun, diese Rothaarige setzt immer mit der letzten Fähre über und unterhält sich die ganze Zeit mit ihm; sie nimmt ihn in ihrem Wagen mit zur Stadt, hat beständig was Wichtiges mit ihm zu reden und so.« Der Junge schüttelte den Kopf. »Dieser Matt. Wenn ich nach einem Mädchen Ausschau halte, muß ich aufpassen, daß ich keine mit zwei Köpfen kriege, aber er braucht nur zu pfeifen und schon werfen sich ihm die schönsten Weiber an den Hals. Da ist eine kleine Schullehrerin, die manchmal herkommt . . .«

»Danke«, sagte ich und ließ ihn stehen. Ich ging zum Wagen zurück und ließ den Motor an. Matt war mit Kate oder mit Bettina zusammen, und ich hatte keinesfalls die Absicht, ihm in Gegenwart der einen oder der andern das zu sagen, was ich ihm sagen mußte.

Statt in die Jackson-Avenue einzubiegen, was der kürzeste Weg zur Nicholas-Street war, fuhr ich in plötzlichem Impuls die Ferry-Street entlang, die durch den alten Teil der Stadt ins Five Corners führte. Vor *Jays Bar* hielt ich an und ging hinein. Ich weiß nicht, warum ich das tat. Ich glaube, ich war von einer Art Erinnerung getrieben, einer Sehnsucht nach einer fröhlicheren Zeit, als meine kleine Welt noch so sicher war wie eine Burg, in der es weder Verwirrung noch Haß gab. Five Corners war damals ein anständiges Stadtviertel und *Jays Sa-*

loon ein gutes, anständiges Lokal gewesen. Es war kühl und dunkel und sehr sauber, und ein wunderbarer Hintergrund für Jay selbst, einen würdigen kleinen Herrn, der immer wie aus dem Ei gepellt aussah.

Mein Vater verbrachte dort einen guten Teil seiner Zeit, nur Samstag nachmittag durfte ich, wenn das Wetter warm war, auch mitkommen. Ich saß dann allein an einem kleinen Tisch in der Ecke mit einer Flasche kaltem Sodawasser, während er an der Bar stand und mit den führenden Köpfen der Stadt Geschäfte besprach.

Als das Prohibitionsgesetz in Kraft trat, war ich vierzehn Jahre alt und ich ging an diesem Tag mit meinem Vater zu Jay. Später hörte ich Geschichten über die Zechgelage, die an diesem Nachmittag in einigen andern Wirtschaften stattfanden, aber *Jays Saloon* blieb, was er immer gewesen war, bis zur letzten Minute. Die Unterhaltung war ruhig und nüchtern, jedes Getränk wurde ordentlich bezahlt; der einzige Unterschied war, daß Jay, als wir gingen, hinter dem Bartisch hervorkam und jedem von uns die Hand schüttelte.

»Viel Glück!« sagte mein Vater, und ich erinnere mich genau, wie Jay ihn lächelnd anschaute und sagte: »Das bedeutet das Ende der alten Zeiten.«

Jetzt betrat ich dieses Lokal zum erstenmal seit jenem Tag, nur war jetzt ich Mr. Ayres, und Jay war der junge Jay, der noch nicht einmal geboren war an dem Tag, an dem sein Großvater die alte Kneipe zum letztenmal geschlossen hatte. Er hantierte hinter der Bar, schaute zu mir herüber und erkannte mich nach ein paar Sekunden.

»Hallo, Mr. Ayres«, sagte er. »Bier? Oder etwas Stärkeres?«

»Bier«, erwiderte ich, und nachdem er mich bedient hatte, ging er wieder an seine Arbeit, ohne sich weiter um mich zu kümmern. Und wie ich da stand und in mein Bier starrte, wußte ich, was ich in meinem Herzen schon die ganze Zeit gewußt haben mußte. Es gab kein Zurück, es hatte es nie gegeben. Statt der kühlen Ruhe von einst, herrschte jetzt heißer, trüber, wilder Lärm. Ein Musikautomat überschrie gellende Stimmen. Nie in meinem Leben habe ich mich so allein gefühlt wie in diesem Augenblick.

Ich fuhr nach Hause, und als ich in die Nicholas-Street einbog, erinnerten mich die Stille und Dunkelheit zum erstenmal daran, daß es schon spät war. In der Einfahrt drosselte ich den Motor und ließ den Wagen in die Garage rollen, neben den Cadillac. Dann schloß ich leise die Tür und ging zur Seitentür meines Hauses. Ich überlegte, was ich Lucie sagen sollte und wie ich sie daran hindern könnte, etwas Törichtes und nicht Wiedergutzumachendes zu unternehmen; da stockte ich plötzlich, weil aus dem Küchenfenster Licht schimmerte.

Matt stand mit Bettina in der Küche. Ich konnte seine Stimme hören, aber er sprach so leise, daß ich nicht verstand, was er sagte. Sie wandte sich von ihm ab, er packte ihren Arm und zog sie an sich. Dann küßte er sie mit solch hungriger Leidenschaft und Zärtlichkeit, daß sie wie wehrlos in seinen Armen lag.

Kein Vater hat das Recht, seine Tochter in einem solchen Augenblick zu beobachten, und ich glaube, jeder Mann wird, wenn er es doch tut, von Zorn und Eifersucht erfaßt. Aber zu meinem eigenen Erstaunen waren meine Gefühle ehrliche Freude für sie und Zutrauen zu mir selbst, das mir schon seit langem verlorengegangen war.

Ich öffnete die Tür und ließ sie laut hinter mir zufallen. Dann wartete ich auf dem dunklen Treppenabsatz, bis ich hörte, daß Bettina mit hastigen Schritten zur Innentür ging und sie öffnete. Sie sah zuerst verwirrt aus, doch dann lächelte sie mich an.

»Das ist ja eine großartige Zeit, um sich ins Haus zu schleichen«, sagte sie.

»Ich war noch mit dem Wagen weg.«

»Ich weiß. Mutter sagte, du seist geschäftlich unterwegs. Sie ist schon lange zu Bett gegangen.«

»Noch bevor Matt kam?« fragte ich besorgt.

Bettina warf einen Blick auf Matt, dann schaute sie mich herausfordernd an. »Ja«, erwiderte sie. »Warum?«

»Ohne Anstandsdame!« bemerkte Matt. »Und das in der Nicholas-Street, mitten in der Nacht!«

»Lieber Gott«, sagte ich, »soviel ich gehört habe, braucht ihr jungen Leute euch bald nicht mehr um Anstandsdamen zu kümmern, sondern um Babysitter.«

Das war nicht besonders geschmackvoll, aber es lag mir soviel

daran, ihnen zu zeigen, daß ich auf ihrer Seite stand. Eine Weile blieben sie stumm, dann sagte Bettina ein wenig unsicher: »Mutter hat es dir wahrscheinlich gesagt. Ich meine, wegen Matt und mir.«
»Das hat sie getan, und das einzige, was ich noch wissen möchte, ist der Zeitpunkt. Dann wollen wir in der Nicholas-Street die prächtigste Hochzeit, die man je erlebt hat inszenieren!«
Bettina begann zu strahlen. »Ich bin so froh«, sagte sie. »Matt redet schon lange davon, wir sollten weglaufen, weil Mutter – weil es sonst allerhand Auseinandersetzungen geben könnte. Aber so ist es doch viel, viel besser . . .«
Matt schaute mir offen ins Gesicht. »Davonlaufen ist eine prachtvolle Sache, Harry«, sagte er. »Ich wette, Sie hätten nicht das geringste dagegen, wenn ich eine gute starke Leiter benutzte, nicht wahr?«
Wir verstanden uns, er und ich. »Verschieben wir die Einzelheiten besser auf später«, sagte ich. »Jedenfalls werde ich jetzt erst mal zu Bett gehen.«
Ich gab Bettina einen Kuß und schüttelte Matt die Hand; dann ließ ich sie allein, schloß die Tür hinter mir und ging langsam die Treppe hinauf und durch den dunklen Flur ins Schlafzimmer. Als ich in der Dunkelheit stand und mein Hemd auszog, fühlte ich mein Herz klopfen wie einen Schmiedehammer. Ich hatte mir genau überlegt, was ich Lucie sagen wollte, und ich wünschte, daß sie aufwachte, aber gleichzeitig hatte ich tödliche Angst davor und war froh, daß sie schlief und die Auseinandersetzung nicht sofort stattfand.
Plötzlich drehte sie sich im Bett um und setzte sich auf, so daß ihr Nachthemd weiß durch das Zimmer schimmerte.
»Harry?« fragte sie.
»Ja.«
»Wie spät ist es?«
»Ich weiß es nicht.« Wir sprachen unnötig gedämpft, wie man es immer tut in einem finsteren Raum.
»Es muß schon spät sein.« Sie gähnte laut. »Ich bin ein dutzendmal wieder aus dem Bett, weil ich auf dich wartete. Dann muß ich eingeschlafen sein. Hast du es ihm gesagt?«
»Daß er fortgehen und Bettina nicht wiedersehen soll – nein.«

Ihre Stimme klang lauter. »Hast du überhaupt mit ihm gesprochen?«
»Ja«, sagte ich. »Ich habe mit ihm gesprochen.«
»Schön, was hast du gesagt?«
»Daß ich das prächtigste Hochzeitsfest, das die Nicholas-Street je gesehen hat, für ihn veranstalten werde. Bettina war dabei.«
Die Deckenlampe über den Betten flammte auf, und Lucie starrte mich blinzelnd an. »Bist du verrückt?« fragte sie.
»Nein, ich sagte genau das, was ich sagen wollte.«
Obgleich ihre Augen sich langsam ans Licht gewöhnten, blieben sie schmal. »Ich habe dich gewarnt, Harry!«
»Lucie«, sagte ich, tief Atem holend, »du kannst deine abscheulichen Absichten ausführen. Wenn meine Tochter sich diese Heirat ausreden läßt wegen irgendwelcher Sünden, die ich begangen habe, so ist Matt Chaves zu schade für sie. Und was Kate Ballou anbelangt, zwischen uns ist ohnehin alles aus. So, nun tu, was du nicht lassen kannst. Glück kann ich dir nicht wünschen, aber du hast mein ganzes Mitgefühl, Lucie.«
Sie schaute mich verblüfft an, dann drehte sie mir den Rücken zu. Ich löschte das Licht und zog mich im Dunkeln vollends aus. Dann legte ich mich in mein Bett und versuchte zu schlafen, aber es gelang mir nicht. Als der Morgen dämmerte, tat mir alles weh, von Kopf bis Fuß, und sobald es hell genug war, zog ich mich rasch an, suchte mein Malgerät zusammen und ging in den Hof hinunter, um mich ein wenig zu entspannen.
Ich bemühte mich um eine abstrakte Darstellung der Garage im frühen Morgenlicht, aber die Mauer von Kates Haus hinderte mich. Ich machte ein paar Striche, dann ruhten meine Augen wie gebannt auf dieser Mauer, und meine Gedanken kamen nicht davon los, wie dünn diese Mauer war und wie ungeeignet, uns voneinander zu trennen, während Lucie eine Schranke errichtet hatte, die weder Zement noch Stein brauchte, um ihren Zweck zu erfüllen. Und Lucie war fähig, noch weit mehr zu tun als das.

Seltsam, wieviel ein Gesichtsausdruck, eine winzige Geste einem Menschen sagen kann, dessen Nerven ohnehin aufs äußerste gespannt sind. Als wir uns an den Frühstückstisch setzten, warf Bettina mir einen einzigen raschen traurigen Blick zu und saß dann mit niedergeschlagenen Augen da, so daß ich sofort wußte: Lucie hatte ihre Drohung wahr gemacht. Matt suchte meinen Blick, kräuselte die Lippen, schaute zur Decke und schüttelte langsam den Kopf; daran merkte ich, daß Bettina ihn sofort ins Vertrauen gezogen hatte. Und als seine Hand einmal zufällig die ihre berührte, zog sie sie mit einer zornigen Bewegung zurück, woraus klar hervorging, daß er, was sie ihm auch erzählt haben mochte, nicht ganz ihrer Meinung gewesen war.

Sogar Dick, sonst so gesetzt und liebenswürdig, schien von der verborgenen Spannung erfaßt zu sein, die am Tisch herrschte, denn er benahm sich so unmanierlich und behandelte uns alle so feindselig, daß es fast eine Erleichterung war, als er, obgleich er kaum einen Bissen gegessen hatte, vom Tisch aufstand und die Tür hinter sich zuschlug.

Es war nur eine kurze Atempause. Als Dick fort war und Jenny in die Küche geschickt wurde, war das Schiff sozusagen klar zum Gefecht, und Lucie wandte sich an Matt.

»Ich denke, Sie wissen genau, was ich sagen will«, sagte sie, und zu meiner Überraschung zitterte ihre Stimme. »Ich überließ es meinem Mann, Ihnen zu sagen, daß die Affäre zwischen Ihnen und Bettina weit genug gegangen ist, aber es hat den Anschein, als hätte er nicht den Mut gehabt, Ihnen das klarzumachen. Nun höre ich, daß Bettina Ihnen heute morgen mitgeteilt hat, wie sie darüber denkt, und daß diese Geschichte ein für allemal zu Ende ist. Ich hoffe, daß Sie daraus die Konsequenzen ziehen und verschwinden.«

Matt nickte freundlich, steckte seine Hände in die Hosentaschen und lehnte sich im Stuhl zurück, was Lucie nur noch mehr aufbrachte. Zum erstenmal hörte ich sie in dem schrillen Ton reden, den sie sich sonst für die privaten Unterhaltungen mit mir vorbehielt.

»Ich finde es verächtlich, Mr. Chaves, die Gutmütigkeit und

Gastfreundschaft anderer Leute auszunützen, wie Sie das tun. Und wenn es noch eine deutlichere Sprache braucht, um Ihnen begreiflich zu machen, daß es Ihnen nicht freisteht zu kommen und zu gehen, als zahlten Sie hier Miete, daß es Ihnen nicht erlaubt ist, Ihre schmutzigen Schuhe . . .«

Matt betrachtete gleichmütig seine Schuhe – nagelneue Opanken, wie mir schien –, dann schaute er Lucie an und bemerkte: »Das sind Dicks Schuhe.«

Lucie blieb der Mund offen vor Wut. Sie schlug mit der geballten Faust auf den Tisch. »Ich dulde nicht, daß man mich auslacht!« schrie sie.

»Oh«, sagte Matt, »ich bin weit davon entfernt zu lachen. Sie sehen einen Mann vor sich, den man von seiner Liebsten reißt, dem man die warme Zuflucht, die er gefunden hatte, verbietet — Betty, findest du, das sei ein Grund zum Lachen?«

Bettina schaute ihn mit großen erschreckten Augen an. »Ich finde dich niederträchtig«, sagte sie.

Er beugte sich zu ihr. »Und du willst, daß ich gehe?«

Ihre Lippen öffneten sich, sie wollte etwas sagen und konnte nicht. Dann schlug sie beide Hände vors Gesicht und schluchzte. Matt war sofort aufgesprungen, aber Lucie war ebenso rasch, sie stellte sich schützend vor Bettina wie eine Glucke. Sie starrten einander an; auf Matts Gesicht lag der Ausdruck tiefen, unversöhnlichen Hasses.

»Das ist Ihr Werk«, sagte er heiser.

»Es ist Zeit, daß mein Kind zur Vernunft kommt!«

»Bettina hat keinen Grund zu weinen! Sie hat nur Grund, sich mit jedem Atemzug ihres Lebens zu freuen! Und weil Sie selbst das nie getan haben, versuchen Sie, auch ihr alle Lebensfreude zu rauben!«

»Schöne Worte«, sagte Lucie eisig.

»Wahre Worte«, erwiderte er, »und bei Gott, sie weiß es. Sie wird sich selbst untreu, und auch das weiß sie, und das ist es, was sie quält.«

»Es steht Ihnen nicht zu, Mr. Chaves, wie ein Priester zu sprechen«, sagte Lucie. »Es wäre weise von Ihnen, wenn Sie das Respektspersonen überließen.«

Er schaute sie erstaunt und, wie ich glaube, ein wenig bewundernd an. »Nein«, sagte er schließlich, »das steht mir wohl tatsächlich nicht zu. Wollen wir es dabei bewenden lassen und zur Sache kommen. Vielleicht ist das eher mein Stil.« Er wandte sich an mich. »Harry«, sagte er, »jeder hier kennt die Geschichte, und es ist sinnlos, etwas vorzutäuschen. Ich meine Sie und Kate.«

»Matt«, protestierte ich, »es hat keinen Sinn, die Sache mit hineinzuziehen.«

»Ich glaube doch, Harry! Sehen Sie, ich hatte gestern nacht ein langes Gespräch mit Kate. Ich hätte es Ihnen heute erzählt, sobald wir allein waren, aber ich denke, es könnte den heuchlerischen Dunst in diesem Zimmer klären, wenn ich ganz offen spreche.«

Ich wußte, er wollte Lucie einen Schlag versetzen, aber er quälte damit nur mich. Es gab jedoch keine Möglichkeit, ihn aufzuhalten.

»Kate gibt das Haus nebenan auf, Harry! Sie erträgt es nicht mehr, hier zu leben, so wie die Dinge liegen. Sie packt heute ein paar persönliche Sachen zusammen und fährt für immer nach New York zurück. Sobald sie eine Wohnung gefunden hat, werde ich mich darum kümmern, daß ihr Hausrat hingebracht wird. Das Haus wird sie verkaufen.«

»Ich glaube, das ist ein sehr weiser Entschluß.«

»Und höchste Zeit!« trumpfte Lucie auf.

»Finden Sie?« sagte Matt. »Nun, ich habe Ihnen noch etwas zu sagen, Harry. Kate hat den Wunsch, daß Sie mit ihr kommen. Schon heute abend, falls es Ihnen möglich ist, oder sobald Sie sich hier losmachen und nach New York übersiedeln können. Sie sagt, eine Entscheidung müsse nun so oder so getroffen werden, und sie sei gewillt, es auf diese Art zu versuchen. Und obgleich sie es nicht ausgesprochen hat, kann ich Ihnen doch sagen, was der Grund ist: Sie liebt Sie, Harry, und schert sich den Teufel um alles andere.«

Er sagte das ebenso zu Bettina wie zu mir, und als sie ihre Hände vom Gesicht nahm und mich ängstlich fragend anschaute, wurde mir ganz übel vor Hoffnungslosigkeit.

»Es tut mir leid, Matt«, sagte ich. »Dabei käme nichts Gutes heraus.«

Das war für ihn ein Schlag ins Gesicht. »Sie sind ein Narr!« Seine Stimme klang ungläubig. »Sie können sich scheiden las-

sen – und dann ein herrliches Leben haben!«
»Nein, das werde ich nicht tun, Matt. Bitte, vergessen Sie die ganze Geschichte.«
Er kam um den Tisch gerannt, und seine Hand packte meine Schulter so fest, daß ich zusammenzuckte. »Ich glaube Ihnen nicht, Harry. Mein Gott, Sie lieben sie doch! Ich weiß es!«
Die Worte trafen mich wie ein Schlag. Ich riß mich los und rannte wie blind aus dem Zimmer.
Ich lief auf die Veranda hinaus und während ich dort stand und meine Gedanken zu ordnen suchte, kamen Leute vorbei. Ich erkannte sie nicht einmal, aber es kam mir in den Sinn, daß ich wohl ganz verstört aussah und was sie wohl von mir denken mochten. So ging ich zurück ins leere Wohnzimmer und setzte mich in meinen Lehnstuhl. Die Zeitung lag auf dem Stuhl, aber ich hatte keine Lust hineinzuschauen oder sonst etwas zu tun, ich saß nur da, mit geschlossenen Augen. So fand mich Lucie, als sie kam, um mir zu sagen, daß Kate Ballou tot sei.

16

Der Tod war mir in meinem Leben nur zweimal begegnet, und ich hatte das Mißgeschick, daß es beide Male ein gewaltsamer Tod war. Kein friedvoller Abschied, kein Schließen der Augen zum letzten Schlaf, sondern das plötzliche gewaltsame Losreißen des Lebens aus seiner irdischen Hülle. Was übrig blieb, war unmöglich zu erkennen und zu verstehen. Es ist das, was man geliebt hat, und es ist es doch nicht. Nichts erscheint einem dann noch ganz wirklich, aber man wendet sein Gesicht von der Wirklichkeit ab, weil man weiß, daß sie die Qual nur vergrößert.
Mein erster Gedanke war, daß sie entsetzlich unbequem liegen mußte auf diesen Stufen, und selbst als Matt nach oben ging und ein Laken holte, mit dem er sie zudeckte, konnte ich diesen Gedanken nicht abschütteln. Dann half er mir die Treppe hinauf in die Küche, und wir saßen dort stumm zusammen, bis Morten und Dr. Greenspan kamen. Erst jetzt drang

schmerzliche Klarheit in die graue verschwommene Finsternis, in die ich versunken war.

Ich hatte mir eingebildet, sie würden sie sofort wegtragen, damit sie aus ihrer unbequemen Lage befreit würde. Statt dessen blieb Dr. Greenspan im Keller, während Morten mit ernstem, sorgenvollem Gesicht heraufkam und eine ziellose Suche durch das ganze Haus begann. Ich hörte seine Tritte durch die Zimmer hallen, dann die Treppe hinauf und über meinem Kopf, bis jeder Schritt wie ein Hammer auf meinen Schädel schlug. Endlich kam er wieder in die Küche herunter, und der Arzt gesellte sich kopfschüttelnd zu ihm. Sie sprachen lange Zeit in einer Ecke miteinander, dann wandte sich Morten an Matt und mich.

»Wissen Sie von irgendwelchen Verwandten der Dame? Sie sollten benachrichtigt werden«, sagte er.

»Ich weiß nichts von Verwandten«, sagte Matt.

»Und andere Leute? Jemand, der ihr nahestand?«

»Nein, ich kenne niemand«, sagte Matt. »Ich bin wohl der einzige, der ihr nahestand.«

Das gab mir einen Stich.

»Warten Sie einen Augenblick«, begann ich, aber Matt schnitt mir ärgerlich das Wort ab.

»Mischen Sie sich nicht ein, Harry! Sie haben mit der ganzen Sache nichts zu tun.«

Ich verstand, daß er mir nur helfen wollte, aber in seinem eigenen Interesse war es das Schlimmste, was er in diesem Augenblick hätte sagen können. Mortens Haltung veränderte sich fast unmerklich. Er betrachtete Matt von Kopf bis Fuß. Dann sagte er freundlich: »Ich glaube, Sie sind Mr. Ayres' Anwalt, nicht wahr?«

»Nein«, sagte Matt. »Ich bin sein Freund.«

Morten deutete zum Keller. »Und Sie waren auch der Freund dieser Dame?«

»Ja, das war ich.«

»Wahrhaftig«, bemerkte Morten, »Sie sind offenbar jedermanns Freund.«

Matt sprang auf. »Sie wollen irgend etwas herausbekommen, ich weiß nur nicht, was! Warum sagen Sie es nicht, damit Sie die Sache hinter sich haben?«

»Oh, das werde ich«, sagte Morten. »Aber wenn Sie nichts dagegen haben, so möchte ich es lieber nebenan tun, damit ich mit allen zusammen sprechen kann. Sind Sie einverstanden, Harry?«
»Gewiß«, sagte ich. »Aber, um's Himmels willen, Morten, Sie können sie doch nicht einfach so liegenlassen!«
»Nein, nein«, sagte er beruhigend. »Dr. Greenspan wird sich jetzt darum kümmern. Inzwischen wollen wir hinübergehen.«
Ich beobachtete, wie der Krankenwagen wegfuhr, und sein Fortfahren schien mir allen Halt zu nehmen. Der fehlende Schlaf, die Spannung, die übermäßige Erregung – alles zusammen wirkte wie ein Betäubungsmittel. Ich saß im Wohnzimmer meines Hauses, schaute alle an, und alle waren Fremde, und was sie sagten oder taten, ging mich nichts an. Kate war gestorben – nein, jetzt begriff ich, sie war ermordet worden, und Bob Macek hatte es getan. Warum, dachte ich erstaunt, er muß verrückt gewesen sein. Und Lucie lächelte fortwährend am Tag ihres Triumphes, aber war nicht jeder Tag für sie ein solcher Tag?
An einem Tag wie diesem waren wir uns begegnet, einem schönen Sonntagmorgen mit dem Atem eines frühen Sommers, wir hatten ein Jahr zusammen verbracht, und dann war sie gestorben. Was für mich zurückblieb, war ein langes Wandern über eine riesige Fläche, wie Dali sie malt, wo sich parallele Linien im Unendlichen treffen. Vielleicht würde ich es manchmal vergessen und meine Hand nach ihr ausstrecken und sagen: »Kate . . .«, aber es würde keine Antwort kommen, und was ich hatte sagen wollen, würde ungesagt bleiben.
Sie war die einzige gewesen, die jemals gefunden hatte, daß etwas, was ich sagte, des Zuhörens wert sei.

17

Draußen in der strahlenden Sonne, die glühend auf die Veranda schien, stand kühl und gelassen meine Mutter und erzählte den Nachbarn, daß Kate Ballou ermordet worden sei. Drinnen, wo das Licht nicht durch die grünen Vorhänge dringen konnte, war das Zimmer eine Höhle tief unter Wasser. Mein Vater und Matt waren unwirkliche Bilder im Wasser, und hinter ihnen auf dem Kaminsims tickte die Uhr die schwindenden Minuten und sagte mir mit jedem Ticken, daß Kate Ballou tot war, tot, tot . . .

Und alles, was ich tun konnte, war dazusitzen, aufrecht, die Beine eng beisammen, die Füße flach auf dem Boden und die Hände sittsam im Schoß gefaltet.

Miss Zimperlich.

Mein Vater hatte mich so genannt, als er mich zum erstenmal so dasitzen sah, aber das hatte mir nichts ausgemacht. Ich war damals zwölf und auf dem Weg, »die Stufen zur Schönheit zu erklimmen«, wenn man dem Artikel, den ich in der Zeitschrift meiner Mutter gefunden hatte, Glauben schenken durfte. Auf der ersten Seite des Artikels war ein Bild. Eine wunderschöne junge Frau saß in der beschriebenen Art da, und über sie beugte sich ein Mann. *Der* Mann. Der Mann meiner Träume.

Er war groß und schlank, und auf seinem vornehmen Gesicht lag ein Ausdruck hoffnungsvoller Anbetung, der mir jedesmal den Magen zusammenkrampfte, wenn ich die Augen schloß und an ihn dachte.

Hinter der verschlossenen Tür meines Zimmers kolorierte ich ihn eines nachts mit meinen Pastellstiften. Sein Haar wurde blond, Gesicht und Hände bekamen ein männliches Sonnenbraun, und seine Augen waren leuchtend blau. Das machte ich aus ihm, und so kam er zu mir, wenn ich ihn rief.

Anfangs bedurfte es dramatischer Vorspiele zu seinem Erscheinen. Ich war eine Spionin, die von ihren Gegnern gefangen wurde, und er war der Mann vom Geheimdienst, der im Trenchcoat erschien, um mich zu befreien. Oder ich versuchte leichtsinnig, von der Landestelle der Fähre aus über den Hudson zu schwimmen, aber ich machte mitten drin schlapp und wäre ertrunken, wenn er nicht mit einer schnittigen Segeljacht erschienen wäre. Und dann dämmerte es mir, daß die Szenen nach seinem Erscheinen am interessantesten waren, und die Vorspiele eine reine Zeitvergeudung bedeuteten.

Jonathan hatte ich ihn genannt, und er war die ganze qualvolle Zeit bei mir, während ich vergeblich »die Stufen zur Schönheit« zu erklimmen versuchte. Wenn Mutter ein dutzendmal den Kamm durch mein Haar zerrte, sagte sie: »Ich weiß nicht, wie wir es je schaffen, daß es nach etwas aussieht, Bettina«, oder sie kniete vor mir, um den Saum eines neuen Kleides aufzustecken, und sagte durch die Nadeln in ihrem Mund: »Wenn du nur eine bessere Figur hättest, Bettina«, bis klar ersichtlich wurde, daß dieses häßliche Entlein nur geringe Chancen hatte, ein schöner Schwan zu werden. Es tat weh, aber ich hatte ja Jonathan, und nun nahmen die Träume eine andere Form an. Ich blieb Bettina Ayres, das nette, häßliche Mädchen, der Ausbund von allem, was ich bei einem weiblichen Wesen verabscheute, und Jonathan – selbst mein Jonathan – konnte zu diesem armen Wurm keine wirkliche Liebe spüren. Aber dann wurde mir der Zauberschlüssel in die Hand gegeben – irgendeine geheimnisvolle Lotion, ein seltsames Präparat, ein Haarkünstler mit Wunderhänden, ein Aschenbrödelkleid –, von da war eine neue Bettina geboren, und Jonathan verliebte sich Hals über Kopf in sie.

Ich liebte ihn – Gott, wie ich ihn liebte –, und als die Zeit für die wirkliche Bettina kam, ihr Herz an einen Mann zu verlieren, mußte es natürlich Matt Chaves sein, der klein und stämmig, dunkel und leidenschaftlich war, nichts von meinem Traum an sich hatte. Aber Kate Ballou hätte ein Teil des Traumes sein können, denn sie war alles, was ich zu sein wünschte, wenn ich in der Nacht wach lag und ein wenig vor mich hinweinte.

Ich haßte sie deswegen und später noch mehr, als ich wußte, daß ich Matt liebte und er mich jedesmal, wenn er sie sah, noch armseliger und weniger anziehend finden mußte. Als ich einmal den Mut aufbrachte, ihm das zu sagen, wurde er wütend.

»Ich habe dir gesagt, daß ich dich liebe. Und daß ich dich hei-

raten will. Bedeutet dir das gar nichts?«
Wenn ich nur verstehen würde, tief in mir verstehen würde, warum er mich liebt, und warum er mich heiraten will, das würde vieles klären.
»Wie eine Schulmeisterin«, sagte er. »Zwei und zwei muß gleich vier sein. Es darf niemals gleich x sein und dabei bleiben.«
Wie eine Schulmeisterin. Alle die Nymphen in den Romanen, die nach Satyrn angeln, winseln »Nimm mich!«, aber als ich in Matts Zimmer oben im Fährhaus ging, um auf ihn zu warten, während er duschte und dann mit nassen Haaren und splitternackt hereinkam, konnte ich ihn nur anstarren.
Er stand da und grinste boshaft: »Siehst du, es ist so, wie du schon immer vermutet hast, ich bin ein Mann.«
»Dafür habe ich keine Bestätigung gebraucht«, brachte ich mühsam heraus.
»Um die Wahrheit zu sagen«, bemerkte er freundlich, »das ist nur eine Mühe sparende Maßnahme. Wenn du so sehr in der Stimmung bist, dich verführen zu lassen wie ich, dich zu verführen, wäre es ziemlich verrückt, wenn ich mich erst anziehen würde, findest du nicht?«
Auf der Straße unten waren Stimmen zu hören, es roch nach Teer, Öl und Fluß, und das Zimmer war so trübselig wie eine Gefängniszelle. Ich hatte mir nie vorgestellt, daß es in einer solchen Umgebung geschehen werde, aber trotzdem, ich war in der Stimmung. Ich hatte nur Angst. Sinnlose Angst. Zitternde Aufregung gab meinen Fingern die Kraft, Knöpfe und Haken zu finden, Kleid, Büstenhalter, Sandalen, Schlüpfer abzulegen. Und dann hätte ich winseln sollen »Nimm mich!« wie all die Heldinnen in den Büchern, aber ich konnte nicht.
»Gott, du bist schön«, sagte Matt und tat einen Schritt auf mich zu, aber diesmal war es die Angst, die mich handeln ließ. Schlüpfer. Sandalen. Büstenhalter — verdammt, diese Haken und Ösen – und Kleid. Mein Haar war ganz durcheinander, alles war durcheinander, und Matt lachte fürchterlich und sagte: »Schon gut, Darling. Du bist so unberührt, wie du vorher gewesen bist. Nimm mein Wort darauf.«
»Matt, sei mir nicht böse. Ich weiß nicht, was es ist, aber ich kann nicht, nicht jetzt. Wenn du mir nur nicht böse bist.«
»Darling, ich liebe dich, und werde dich immer lieben — kannst

du dir das merken? Gott, wie könnte ich anders nach all dem. Wenn du dich nur hättest sehen können ...«
Wie eine Schulmeisterin. Bettina Ayres, Miss Zimperlich.
Warum liebte er mich nur? Vor langer Zeit, vor hundert Jahren, am Tag, als er mir sagte, er habe New York verlassen und übernehme diese lächerliche Arbeit auf der Fähre, habe ich ihn das zum erstenmal gefragt.
»Weil du ein Teil meines Traumes bist.«
»Welchen Traumes?«
»Des großen. Des Traumes, den jeder hat, in dem er sich so sieht, wie er gern sein möchte. Des Traumes, der gewöhnlich schuld ist an allem Unglück.«
»Wieso Unglück?«
»Wieso. Weil du verflucht bist, wenn du dem falschen Traum nachjagst. Und heutzutage, besonders hier in den guten alten Vereinigten Staaten, ist immer jemand da, der dich auf den falschen Traum hetzt. Werde ein erfolgreicher Geschäftsmann – werde ein Hollywoodstar – schreibe einen Bestseller – heirate eine Millionärin — damit haben sie dich in der Falle, Liebling. Schau dich in deiner nächsten Umgebung um. Ich wette, während wir hier sitzen und diskutieren, sieht Jenny sich als Star in einem Film, ihr Freund Macek sieht sich als Champion in einem Fußballkampf der Weltklasse, dein Bruder sieht sich mit dem Taktstock vor den New Yorker Philharmonikern, und so weiter.«
»Ist das denn so schlimm?«
»Glaubst du nicht, daß selbst ein Esel, dem man eine Mohrrübe vor die Nase gebunden hat, früher oder später ein verdammt unglücklicher Esel sein wird, wenn er merkt, daß er der Mohrrübe nicht ein Stückchen näher kommt?«
»Ich könnte mir denken, daß er schon glücklich ist, wenn er von dem Augenblick träumt, in dem er die Mohrrübe bekommt, auch wenn er sie nie kriegt.«
»Dann täuscht er sich. Denn während er herumläuft und dem Mohrrübentraum nachhängt, übersieht er all die andern guten Dinge in der Welt. Schau die Eselin dort! Sie hat Ohren, fast einen Viertelmeter lang, sie ist auch sonst sehr hübsch, aber er beachtet sie gar nicht. Sieh die Wiese da! Das saftigste Gras auf der Welt mit herrlichen Blumen zum Fressen. Spürst du

den Duft, der vom Fluß kommt? Fichten und kaltes fließendes Wasser, und das alles gehört dir. Aber nicht unserem Esel. Himmel, er kann dir nicht einmal sagen, wo er ist, wenn du ihn fragen würdest. Er sieht nichts als die Mohrrübe vor seiner Nase, und wenn das Glück bedeutet, so mag es ihm gegönnt sein.«

Ich dachte an Jonathan, und obgleich ich Matt nie von ihm erzählt hatte, fühlte ich mich gedemütigt.

»Und was macht deinen Traum so überragend?« fragte ich ärgerlich.

»Die Tatsache, daß ich ihn in meine Hände nehmen und verwirklichen kann. Mein Traum, das sind du und ich, Betty! Ich pfeife auf den Erfolg mit all seinen Vorteilen. Ich kümmere mich nicht um morgen, Betty, der heutige Tag – jeder einzelne Tag – ist aufregend genug. Wenn ich morgens aufwache und sehe, daß ich einen ganzen neuen Tag vor mir habe, ist mir unendlich wohl. Und wenn ich nicht mehr aufwache, so habe ich doch den heutigen Tag gehabt, und das allein ist wichtig.«

»Der Weltchampion der Lebenskunst.«

»Nun, jedenfalls kein schlechter Kämpfer.«

»Und was geschieht, wenn du morgen aufwachst – ich meine, *falls* du aufwachst, du stellst das als so unwahrscheinlich hin – und findest vor der Tür den Hausbesitzer, der auf die Bezahlung der Miete wartet?«

»Schau, Mädchen, du sprichst mit einem Mann, der ein Buch schreiben könnte über Männer, die auf die Bezahlung der Miete warten. Neun Kinder in drei Zimmern, und dein Vater ist nur ein dummer portugiesischer Hafenarbeiter, der die halbe Zeit ohne Arbeit ist, weil er keine Lust hat, den Erpressern, die den Hafen unter sich haben, Schmiergeld zu zahlen. So lebt man dort, und der Hausbesitzer lebt mit einem gleich vor der Wohnungstür. Ich glaube, das war der Grund zu meinem ersten kühnen Traum. Ich wünschte mir Geld, genug Geld, um dieses Haus dem Besitzer unterm Hintern wegzukaufen, wenn ich das wollte. Ich wollte Kleider haben wie der Hausbesitzer und einen Wagen wie er. Was immer er aß, das wollte ich auch essen, und wo er zu seinem Vergnügen hinging, da wollte ich auch hingehen. Das war mein Traum – ich wollte ein großer Erfolg sein wie der Hausbesitzer, der, wenn ich zurückschaue, nur ein zusammengeschrumpfter kleiner Wicht war, der aussah, als müßte sein Gesicht zerplatzen, wenn er lachen wollte. Und ich habe es auch fast geschafft. Ich war Ned, der leidlich ehrliche Zeitungsjunge, und arbeitete mich mit Glück und Schneid bis in Wallace Morrisons getäfelte Büros hinauf. Die rechte Hand eines Zeitungskönigs! Was hätte mein Herz sich mehr wünschen können, wenn überhaupt etwas dran war an diesen schillernden Träumen?«

»Zweifellos eine ordentliche regelmäßige Arbeit auf einem alten Fährboot.«

»Da die Offenbarung mir das eingab, war es genau das, was ich mir wünschte.«

»Oh, jetzt kommen wir von den Träumen zu Offenbarungen.«

»Nicht Offenbarungen. Nur Offenbarung, wie im letzten Buch der Bibel. Du weißt: Donner, Zimbeln und dann – das Licht.«

»Und eine Stimme aus der Wildnis. Wir dürfen diese Stimme nicht vergessen.«

»Nein, es war eine Stimme aus dem Gewühl Ecke 56. Straße, Fifth Avenue, die wie das Kreischen von Bremsen klang. Als nächstes merkte ich, daß ich auf dem Rücken im Rinnstein lag, und die Leute um mich herum machten entsprechende Bemerkungen.«

»O Matt!« schrie ich, von einem Wirbel von Vorstellungen erfaßt, wie er dalag mit gebrochenen Gliedern, blutend, tot. »O Matt, du wurdest von einem Auto angefahren?«

»Aber, um Himmels willen, Betty, ich bin ja hier und erzähle es dir. Du brauchst nicht so entsetzt auszusehen.«

»Du hättest tot sein können!«

»Das ist kein origineller Einfall! Du bist die zwanzigste Person, der dieser Gedanke kommt. Ich selber war übrigens die erste.«

»Ich freue mich, daß ich dir soviel wert bin, es mich als Zwanzigste wissen zu lassen. Hättest du nicht von der verrückten Sache mit den Offenbarungen gesprochen . . .«

»Das ist nicht verrückt, genau das wollte ich dir erklären. Ich saß im Rinnstein, mein Hinterteil schmerzte, meine Würde fühlte sich verletzt, und meine Hosen hatten am Knie einen Riß. Und was glaubst du, was das erste war, das mir in den Sinn kam?«

»Ich habe nicht die geringste Ahnung. Und es ist mir auch völlig egal, die Hauptsache ist, daß du nicht verletzt worden bist.«

»Das erste, was mir in den Sinn kam, war, daß meine Hosen am Knie einen Riß hatten und mein Chef, wenn ich so ins Büro käme, sich zu Tode ärgen würde. Er wäre nicht besorgt gewesen, verstehst du, auch nicht belustigt oder zornig. Nur ägerlich. Ärgern ist seine Stärke.«

»Aber du konntest doch nach Hause gehen und dich umziehen.«

»Das war mein zweiter Gedanke. Ich dachte, ›Mein Gott, nun muß ich nach Hause und mich umziehen und komme zu spät ins Büro, und er wird sich *darüber* ärgern.‹ Du siehst, es gab keinen Ausweg, was ich auch unternahm, Wallace hätte sich geärgert. Sogar wenn ich getötet worden wäre, hätte er sich geärgert, weil wir mitten in einer Verkaufskampagne steckten. Und während ich noch so dasaß, sah ich die Sonne auf all die prachtvollen Gebäude scheinen, sah elegante Frauen vorübergehen, hörte die Leute miteinander reden, spürte den Wind auf meinem Gesicht und dachte: ›Matt Chaves, eine Sekunde lang warst du an einem Ort, wo es nur Finsternis gibt und wo du Betty nie wiedersehen würdest, wo du all die wunderbaren Dinge auf dem diesseitigen Ufer des Styx weder sehen, noch riechen, noch schmecken, noch berühren, noch hören könntest. Aber du hast noch einmal eine Chance bekommen, Matt Chaves! Also geh und nutze sie, so gut du kannst.‹«

»Hast du deswegen deine Stellung aufgegeben?«

»Nachdem die üblichen Formalitäten erledigt waren und mir im Krankenhaus eine junge Ärztin mit üppigen Brüsten, die ich in meiner neugewonnenen Weisheit mit Wohlgefallen betrachtete, erklärt hatte, daß mir nichts geschehen sei, wanderte ich direkt zum Central-Park. Ich sah seltsame Tiere und trank ein Glas Bier. Und wo immer ich meine Offenbarung erprobte, ich fand sie gut. Der alte Traum war vorbei, und im neuen konnte Wallace Morrison wirklich keinen Raum haben.«

»Aber warum nur? Matt, du wußtest doch genau, wenn etwas uns die Wege ebnen konnte bei Vater und Mutter, war es die Tatsache, daß du eine gute Stellung hattest und dir ein hübsches Heim leisten konntest. Besonders Mutter . . .«

»Besonders Mutter. Ist dir denn nie in den Sinn gekommen,

Betty, daß deine Mutter für dich denselben Traum hegt, wie sie ihn einst für sich gehegt haben muß, und daß er für dich genauso falsch sein könnte, wie er für sie falsch war?«

»Sie will ja nur, daß ich glücklich werde, Matt. Davon bin ich fest überzeugt. Und wie kann man glücklich werden, wenn der Mann, den man heiratet, keine Sicherheit bietet, wenn er ...«

»Das ist der springende Punkt, Betty. Deine Mutter versteht unter Sicherheit ein Bankkonto, ein Haus, gesellschaftliches Ansehen, und das alles ist falsch. Ich bin sicher, das war es, was sie sich von ihrer Heirat erhoffte, und was ist daraus geworden, als dein Vater sein Geld verlor? Über die materiellen Dinge bist du nicht Herr; etwas, das stärker ist als du, kann sie dir jederzeit aus der Hand schlagen, so daß du nie wirklich ohne Angst leben kannst. Aber wenn du mit einem Menschen in Liebe verbunden ist, liegt es ganz bei dir, zu geben und zu nehmen, solange du willst. Gibt das nicht mehr Sicherheit als selbst das schönste Haus an der Nicholas-Street?«

»O Matt, das würde Mutter nie verstehen. Niemand in der Nicholas-Street würde so was begreifen.«

»Natürlich nicht, weil sie nicht wissen, was Liebe ist! Sie haben Angst vor ihr. Sie könnte sie quälen. Sie ist das üble Zeug, das unsern Esel aus seinem Traum von der Mohrrübe aufwecken könnte. Also nimm dich in acht!«

»Ich lebe in der Nicholas-Street, Matt!«

»Trotzdem bist du anders.«

»Anders als alle Mädchen, die du gekannt hast?«

»Es gab gar nicht sehr viele, Betty. Vielleicht sollte ich dir wie ein Don Juan Lügen erzählen über all die Frauen in meinem Leben, aber nur ein paar habe ich wirklich gut gekannt und ein paar flüchtig, das ist alles. Und in einer Beziehung waren sich alle gleich. Ich lernte ein Mädchen kennen und verliebte mich — ich meine wirkliche Liebe, so daß es weh tat —, und sie hatte mich auch gern, aber als ich sagte, wie es um mich stand, begann sie, sich von mir zurückzuziehen. Die meisten Mädchen haben in einem solchen Fall eine ganz verflixte Art. Sie trinken mit dir, sie erzählen dir tausend idiotische Dinge, sie gehen sogar ins Bett mit dir. Aber vor der Liebe haben sie Angst. Sobald sie spüren, daß es sich darum handelt, ziehen sie sich zurück. Und dann ändert sich auch der Mann. Er begräbt das große Gefühl tief in sich und wird genauso zynisch wie die Mädchen. Wenn er ein Mädchen kennenlernt, das ihm Eindruck macht, so hat er nur noch den Wunsch, mit ihr ins Bett zu gehen. Nichts sonst. Aber als ich dich kennenlernte, als ich merkte, daß wir beide dasselbe fühlten, ohne uns zu schämen oder zu fürchten, wußte ich, daß alles gut war. Ich liebe dich, Betty.«

Er liebte mich, und ich lag nachts wach im Bett und weinte, weil ich nicht begriff, warum er mich liebte.

Aber er konnte auch hassen, mit tiefer wilder Leidenschaft, die mich erschreckte. Als ich letzte Nacht auf der Veranda auf ihn wartete, sah ich ihn mit Kate Ballou den Weg herauffahren. Ich sah sie dann im Licht der Scheinwerfer an der Garagentür stehen, als sie sich dort unterhielten. Obgleich ich kein Wort hören konnte, spürte ich, wie er immer mehr in Zorn geriet. Ich hatte fast Angst, er würde sie schlagen. Als er dann an unsere Küchentür kam, machte ich ihm rasch auf.

»Worüber hast du dich mit Kate Ballou unterhalten, Matt?«

»Es war nichts Wichtiges.« Er war noch immer zornig.

»Verzeih, ich wollte nicht spionieren . . .«

»Fang bloß nicht an, dich zu entschuldigen!«

Das stach mich wie eine Nadel. »Du machst es mir schwer, etwas anderes zu tun«, sagte ich ärgerlich.

»Dann mach nicht mich dafür verantwortlich! Ich bin nicht deine Mutter, die dir vorwirft, du seist zehn Minuten zu spät heimgekommen. Ich bin der Mann, der dich liebt, und eine Entschuldigung erwarte ich von dir nur dann, wenn du etwas tust, das mich verletzt. Und das werde ich dich sehr rasch merken lassen.«

»Vielen Dank«, sagte ich. »Ihr müßt eine sehr interessante Unterhaltung gehabt haben, du und Kate, sonst wärst du jetzt nicht so aufgebracht.«

»Wir hatten eine sehr stumpfsinnige Unterhaltung.«

»Worüber?«

»Über Schuhe und Schiffe und Siegelwachs.«

»Und über mich?«

»Und über dich.«

Ich begann zu begreifen. »Sie kann mich nicht leiden, nicht wahr?«

Er schaute mich scharf an. »Macht dir das etwas aus?«
»Natürlich nicht«, sagte ich hochmütig. Und fügte hinzu: »Oh, warum soll ich dir etwas vorlügen, Matt. Sie kennt dich so genau und spürt, daß ich nicht gut genug bin für dich, und das tut weh, sehr weh, Matt.«
Er sagte trocken: »Du verstehst doch ein wenig von Psychologie, nicht wahr?«
»Ich bin eine geborene Psychologin. Das ist eine meiner geheimen Tugenden.«
»Dann will ich dir etwas sagen, meine geborene kleine Psychologin. Kate Ballou kann dich vielleicht nicht leiden, aber solange du nicht weißt, in welche heillose Verwirrung ihr Leben geraten ist, kannst du unmöglich verstehen, warum.«
Kate Ballous Leben eine heillose Verwirrung? Viel eher konnte man sich vorstellen, daß Matt sich plötzlich steif und korrekt benehmen würde.
»Ich kann dir nur eins sagen«, fuhr er fort. »Kate Ballou ist eifersüchtig auf dich.«
»Auf mich?« fragte ich ungläubig.
»Sie hat es auch nicht geglaubt, bis ich es ihr eben ins Gesicht sagte. Aber es ist wahr.«
»Warum?«
»Weil du etwas hast, was sie nicht besitzt. Einen Mann, der dich so liebt, daß für ihn nichts anderes wichtig ist auf der Welt. Jemand, der dich so liebt, daß er dich um jeden Preis heiraten und die nächsten fünfzig Jahre damit verbringen will, dieses Glück zu genießen.«
Ich fühlte, wie kalte Angst in mir aufstieg. »Wegen dir, Matt, nicht wahr? Sie ist in dich verliebt.«
»In mich?« fragte er so ehrlich erstaunt, daß meine Angst verging, bevor sie eine bestimmte Form annahm. »Nein, nicht in mich. Es handelt sich um jemand anders. Aber er ist nicht bereit, ihr das zu geben, was ich dir geben will, und deshalb haßt sie dich. Das einzige Gefühl, das du ihr entgegenbringen kannst, ist also Mitleid. Nicht mehr und nicht weniger.«

Nicht mehr und nicht weniger. Die Uhr auf dem Kaminsims zeigte fünf Minuten nach zwei. Sicher hatten sie der Toten jetzt die Kleider abgestreift, sie säuberlich in eine Tasche gelegt und in einer Schublade verschlossen, und sie selbst in eine andere Lade gelegt und in die Totenkammer geschoben, wo in der Eiseskälte und Finsternis jedes Mitleid eine Verschwendung wäre.

Fünf Minuten nach zwei! Es war also erst fünf Stunden und fünfunddreißig Minuten her, seit meine Mutter mir erzählt hatte, wer Kate Ballous Geliebter war und ich mich selbst ausgelöscht hatte. Nicht mit mir sprach Matthew nach dem Frühstück in meinem Schlafzimmer, sondern mit einer Fremden, die aus ihrer Asche auferstanden war, und Matt hatte es gemerkt.

»Du bist nicht du selbst, wenn du so redest, Betty«, sagte er. »Du bist deine Mutter, siehst alles von ihrem Standpunkt aus. Du bist das nicht!«

»Mag sein, daß es nicht das Ich ist, das du dir wünschst, Matt, trotzdem bin ich es. Und es ist gut so. Ich löse mich von dieser verrückten Welt, die du für dich aufgebaut hast, wo schwarz weiß ist und du dir deine eigenen Gesetze gibst. Niemand fühlt sich in ihr wirklich wohl außer dir, und nun wirst du eben allein darin leben müssen.«

»Und du wirst in der Nicholas-Street bleiben, wo es nur eine Sünde gibt – sich erwischen zu lassen.«

»Eine schöne Art, den Ehebruch zu verteidigen.«

»Ich verteidige den Ehebruch keineswegs. Ich sage nur, daß deine Mutter deinen Vater um das betrogen hat, was er sich von der Ehe erhoffte. Und als er es schließlich bei einer andern gefunden hat, wollte sie nicht zulassen, daß er es bekam. Sie hätte sich ja jederzeit von ihm scheiden lassen können, aber das wollte sie nicht. Wer in der Nicholas-Street lebt, pflegt sich nicht um das Glück anderer Menschen zu kümmern. Er fragt nur danach, was seine Nachbarn denken.«

»Oder ob seine Kinder glücklich sind.«

»O Betty, du bist eine Närrin, wenn du glaubst, deine Mutter kümmere sich darum, ob du und Dick glücklich sind. Sie braucht euch, wie Efeu den Baum braucht. Der Unterschied ist nur, daß der Efeu dem Baum nicht einredet, er wolle ihn glücklich machen!«

»Es nützt nichts, Matt. Seit ich dich kenne, werde ich hin und her gerissen. Bin ich mit dir zusammen, muß ich meine Mutter verteidigen, und bin ich mit ihr zusammen, muß ich dich verteidigen. Damit ist nun Schluß. Ich weiß endlich, wo ich hingehöre, und für dich ist da kein Platz.«

»Und mit diesem freundlichen Abschiedswort gedenkst du mich aus deinem Leben zu entlassen?«

»Jawohl!«

»Wenn ich nun gehe, Betty, soll ich dir sagen, was dann geschehen wird?«

»Nein!«

»Ich sage es trotzdem. Früher oder später wirst du heiraten. Irgendeinen langweiligen Burschen von der Nicholas-Street, der sich Pausbacken und einen Wanst zulegt, nur die Sportzeitung liest, keine Musik hören will außer der Hit-Parade und im Bett so stumpf ist wie ein Holzklotz. Und nach einiger Zeit wird es dir dämmern, daß du betrogen worden bist, und wenn dann zufällig ich deinen Weg kreuze, wirst du am eigenen Leib verspüren, warum dein Vater tat, was er getan hat. Aber dann wird es zu spät sein.«

Da gab ich ihm eine Ohrfeige. Vermutlich stellte ich mir dabei meinen Traum-Jonathan vor und glaubte, Matt werde genau so reagieren, wie Jonathan es getan hätte: Er wäre zwar beleidigt, würde den Schlag jedoch mit korrekter Höflichkeit hinnehmen. Aber Matt hatte eben keinerlei Ähnlichkeit mit Jonathan. Er machte zuerst ein verblüfftes Gesicht, und dann gab er mir eine so kräftige Ohrfeige, daß mir Hören und Sehen verging.

»So, jetzt sind wir quitt«, sagte er, ließ mich stehen und knallte die Tür hinter sich zu.

Jetzt saß er neben meinem Vater auf dem Sofa, die Uhr zeigte zwanzig Minuten nach zwei, und wir warteten.

Es war fast drei, als Mr. Ten Eyck mit Dick und Jenny zurückkehrte. Bob Macek kam mit ihnen.

18

Ich weiß noch, daß ich, als Jenny ihre Freundschaft mit Bob Macek begann, mich gewundert habe, daß sie nicht jedesmal zu Tode erschrak, wenn er den Arm um sie legte. Solange man ihn nicht Fußball oder Baseball spielen sieht, findet man ihn phlegmatisch und schwerfällig, aber er ist groß und stark und hat ständig das Bedürfnis, einem seine Kraft zu beweisen. Man kann keine zwei Minuten mit ihm reden, ohne daß er einem erzählt, wie scharf er einen Baseball schleudern oder wieviel Fleisch er auf einmal im Arm tragen kann. Und anschließend kommt man in die lächerliche Lage, seinen Bizeps befühlen und ihm sagen zu müssen, wie stark er sei.
Bei einem andern könnte das alles vielleicht ganz lustig sein, aber Bob besitzt eine so dumme Arroganz, daß einem der Spaß vergeht. Ich glaube, ich habe es nur einmal erlebt, daß seine Anmaßung einen Dämpfer bekam – das war an dem Abend, als er Dick zu einer Art Ringkampf herausforderte. Sie saßen am Küchentisch, die Ellbogen aufgestützt, die Hände verschränkt, und jeder versuchte, den Arm des andern vom Tisch zu drängen. Dick, der so still ist und immer über den Büchern hockt, ist sehr stark, und nachdem sie minutenlang verbissen gekämpft hatten, mit Gesichtern so rot wie Runkelrüben, war es Bobs Arm, der vom Tisch gedrängt wurde. Sie versuchten es nochmals, und wieder gewann Dick.
Man sah gut, wie sehr Bob sich gedemütigt fühlte, und als wolle er die Scharte auswetzen, fragte er Matt: »Wie ist es mit Ihnen, Chaves? Haben Sie nicht auch Lust, Ihre Kraft zu erproben?«
»Nein, vielen Dank«, sagte Matt.
»Zum Teufel, für einen so kleinen Burschen machen Sie einen recht drahtigen Eindruck. Sie müssen ganz schöne Muskeln haben.«
»Die habe ich in den Ruhestand versetzt, als ich dreißig wurde. Ich fand, das sei das mindeste, was ich für sie tun konnte, nachdem sie mich so weit gebracht hatten.«
Bob grinste über das ganze Gesicht, und man konnte direkt beobachten, wie der Knacks, den seine Arroganz erlitten hatte, heilte. »Meinen Sie das im Ernst? Soll das heißen, wenn je-

mand Sie am Wickel nimmt« – er packte Matt bei den Schultern und schüttelte ihn wie ein gutmütiger Bär – »und Sie ein bißchen durcheinanderrüttelt, daß Sie dann gleich nach einem Polypen rufen? Mann, was sind Sie für ein Anfänger!«
Matt machte sich mit einem Ruck los und maß Bob mit wütendem Blick. »Hör, mein Freund«, sagte er in bestimmtem Ton, »ich will offen sein. Ich liebe es nicht, wenn man mich schüttelt. Ich dulde es nicht einmal, daß man mich anfaßt, und wenn jemand es doch tut, so nehme ich an, daß er es nicht zum Spaß meint. Wenn es das ist, was du im Sinn hast, so wollen wir es gleich hier in der Küche ins reine bringen.«
Neben Bob wirkte er wie eine gespannte Uhrfeder, und Bob gewann fast zusehends an Selbstvertrauen. »Teufel, wenn es das ist, was Sie wollen, das wird ein feiner Spaß.«
»Eines will ich dir im voraus sagen. Wenn wir kämpfen, dann tun wir es nicht zum Spaß. Ich werde versuchen, dir den Garaus zu machen; jedes Mittel ist mir recht, und wenn ich dir ein Messer in den Leib bohren müßte. Ich sage dir das, damit du Bescheid weißt und keiner mir hinterher Vorwürfe machen kann.«
Wir sahen ihn alle sprachlos an, und schließlich sagte Bob, was wir vermutlich alle dachten: »Das soll wohl ein Witz sein?«
»Nein, das ist blutiger Ernst.«
Bob lief rot an. »Zum Teufel, da mache ich nicht mit.«
»Das kommt davon, daß ich nicht den geringsten Sinn für euren sogenannten Sportgeist habe. Dein persönliches Pech, mein Junge.«
Bob schüttelte verständnislos den Kopf. »Wissen Sie, was«, sagte er schließlich im Brustton der Überzeugung, »Sie sind verrückt!«
Es kam übrigens zu keinem Kampf, und der einzige Erfolg dieses kleinen Zwischenfalls war, daß Jenny Matt noch weniger ausstehen konnte als vorher. Jenny vergöttert meine Mutter, die sie auch wirklich nett behandelt, und teilte vom ersten Augenblick an ihre Abneigung gegen Matt. Die Szene in der Küche – die ganze Art, wie Bob leicht lächerlich gemacht worden war – gab ihr den Rest. Jennys Liebe zu Bob und ihre zähe Anhänglichkeit standen außer Frage, obgleich ich beim

Anblick der beiden manchmal an einen tänzelnden Zwergpudel denken mußte, der eine mürrische, große Bulldogge am Gängelband führt.

Dieser Vergleich fiel mir auch jetzt wieder ein, als sie zusammen mit Ten Eyck, Dick und meiner Mutter zur Tür hereinkamen. Jenny sah zu Tode erschrocken aus, aber trotz allem schien es, als ob sie Bob beschützte.

Ob die Männer es mögen, wenn sich eine Frau in einem solchen Moment derart benimmt? Wie würde Matt sich verhalten, wenn ich jetzt aufstünde und mich neben ihn setzte? Wenn ich seine Hand ergreifen würde und herausfordernd um mich blickte? Schon unter normalen Umständen war es schwer, vorauszusehen, was er sagen und tun würde, und jetzt war es noch viel schwerer. Angenommen, Bob war wirklich derjenige, der Kate ... was für ein Gefühl mußte es dann sein, seine Hand zu halten? Aber Jenny schien sich darüber keine Gedanken zu machen. Weshalb mußte ich mich damit abquälen?

»Ich bin froh, daß Sie alle dageblieben sind«, sagte Mr. Ten Eyck, »weil es wichtig ist, daß wir gleich jetzt soviel wie möglich aufklären.«

Angenommen, er konnte es aufklären? Angenommen, Bob würde plötzlich zusammenbrechen und in unserer Gegenwart den Mord an Kate Ballou gestehen? Was würde Jenny tun? Wieder hatte ich nicht den geringsten Zweifel an der Antwort. Wenn es jedoch Matt wäre, der ...

Aber ich hatte mich ja von ihm freigemacht. Er ging mich nichts mehr an.

»Was ich sagen möchte, ist folgendes«, fuhr Ten Eyck fort und erinnerte mich dabei an sämtliche Langweiler, die ich im Seminar hatte über mich ergehen lassen müssen. »Erstens brauchen wir Einzelheiten für die Leichenschau. Und zweitens, wenn es sich herausstellen sollte, daß es sich um einen bestimmten Täter handelt, muß Anklage gegen ihn erhoben werden, damit das Gericht ihn aburteilen kann.« Er räusperte sich. »Also, verstehen Sie mich recht, ich stehe hier als Ihr Freund und bitte um Ihre Mitarbeit. Wenn wir gemeinsam die ganze Affäre aufklären können, ist alles gut. Wenn uns das aber nicht gelingen sollte, fürchte ich, daß es noch zu allerhand

Aufregungen kommen wird.«
»Noch mehr als wir bis jetzt schon gehabt haben?« fragte meine Mutter.
»Allerdings, Lucie, bedeutend mehr. Wenn der Staatsanwalt sich einmischt, beauftragt er einen Beamten der Kriminalpolizei, in diesem Fall wahrscheinlich Terhoven, und der ist ein grober Kerl. Aber wenn ich zu ihm hingehen kann und sagen: so und so liegt der Fall, erstens, zweitens, drittens – dann brauchen Sie sich hier nicht von ihm herumkommandieren zu lassen. Ich bin aufrichtig, und ich möchte, daß Sie es ebenfalls sind. Terhoven ist kein angenehmer Charakter; wenn der sich erst einmal hinter eine Sache klemmt, gibt es keine Geheimnisse mehr. Dann wird die gesamte schmutzige Wäsche in aller Öffentlichkeit gewaschen. Verstehen Sie, was ich meine?
Und jetzt, Lucie«, er streckte meiner Mutter ein Stück Papier entgegen, und ich sah, daß es der Zettel war, den er an Kate Ballous Haustür gefunden hatte, »sagen Sie mir, sind Sie ganz sicher, daß das Bobs Handschrift ist?«
»Daran besteht kein Zweifel, Morten.«
Mit einem Ruck wandte sich Ten Eyck zu Bob. »Warum behaupten Sie dann immer noch, daß Sie es nicht geschrieben haben?«
»Ich habe es auch nicht geschrieben. Das kann ich beschwören.«
»Aber es ist die gleiche Schrift wie in den Büchern, die Sie mir vorgelegt haben. Wie kommt das?«
»Ich weiß es nicht. Der Zettel stammt nicht von mir. Ich bin gestern nacht nicht dort gewesen.«
Matt stand auf und ging langsam auf Ten Eyck zu. »Darf ich mir den Zettel mal ansehen?«
»Gewiß, wenn Sie dort stehen bleiben, wo Sie sind und Ihre Hände bei sich behalten.« Er hielt ihm das Papier vor die Augen. »Nun, was meinen Sie?«
»Ja«, sagte Matt nachdenklich und betrachtete das Blatt sorgfältig, als ob er jedes Wort einzeln studieren wollte. Plötzlich wandte er sich zu Bob. »Warum hast du nicht unterschrieben?« fragte er.
»Ich habe ja unterschrieben«, trumpfte Bob auf. »Ich bin ganz sicher, daß ich unterschrieben habe.« Dann schwieg er plötz-

lich, und es war nichts mehr zu hören als das Ticken der Uhr, die auf dem Kaminsims stand.
Die erste, die reagierte, war Jenny. »Sie gemeiner Schuft!« zeterte sie und versuchte, sich mit gezückten Krallen auf Matt zu stürzen. Doch irgend jemand gab ihr einen Stoß, ehe sie ihn erreichte. Erst als ich zu taumeln begann, merkte ich, daß ich selber es gewesen war, der sich zwischen die beiden geworfen hatte. Morten packte Jenny am Arm und riß sie zurück, während sie weiter wie wahnsinnig auf Matt loskeifte und ihm den ganzen Wortschatz von Five Corners an den Kopf warf. Dann legte Bob den Arm um sie, und sie begann zu heulen. Mit den Fäusten trommelte sie gegen seine Brust und schluchzte immer wieder: »Du hast es nicht getan! Ich weiß es ganz genau. Sag es ihnen doch! Sag es ihnen doch!«
Es war abscheulich. Aber noch viel abscheulicher war die Art, wie Ten Eyck Bob über Jennys Schultern hinweg beobachtete.
»Sie geben also zu, daß Sie den Zettel geschrieben haben?«
»Ja. Aber umgebracht habe ich sie nicht.«
»Hier steht, daß Sie dagewesen sind und noch einmal wiederkommen wollen. Sie haben das Papier in den Spalt am Türfenster gesteckt und sind dann fortgelaufen, weil Sie Angst hatten, irgend jemand, Dick zum Beispiel, könnte Sie erkennen. Aber später sind Sie zurückgekommen und haben mit der Dame gesprochen. Stimmt das?«
»Nein, ich bin nicht mehr zurückgekommen. Ich habe sie gestern nacht überhaupt nicht gesehen.«
»Nicht? Warum haben Sie dann gedroht, Sie würden wiederkommen?«
»Ich habe keinem Menschen gedroht. Ich wollte nur das Geld für die letzte Rechnung haben. Als sie Donnerstag ins Geschäft kam, sagte sie, sie würde Samstag oder Sonntag nach New York übersiedeln und ich solle herausschreiben, was sie noch zu zahlen habe. Aber ich konnte sie dann nicht mehr erreichen, und da bekam ich es mit der Angst. Sie wissen ja, wie die Leute sind. Ich habe ein paarmal bei ihr angerufen, bis ich zum Schluß dachte, irgend etwas muß mit dem Telefon nicht in Ordnung sein. Und da habe ich ihr schließlich den Zettel an die Tür gesteckt, daß ich sie sprechen muß. Aber ich bin dann nicht mehr zurückgekommen und habe sie nicht gesehen. Was

hätte ich denn für einen Grund gehabt, ihr etwas zu tun? Warum kann es denn nicht der Kerl gewesen sein, der im Haus drinnen war, als ich den Zettel an die Tür steckte?«

Morten starrte ihn mit offenem Mund an. Ich glaube, wir alle starrten ihn mit offenem Mund an.

»Der Kerl, der im Haus war?« wiederholte Morten einfältig. »Wollen Sie damit sagen, daß sich jemand im Haus der Dame befand, als Sie dort waren? Wer war es? Kennen Sie ihn?«

»Ich kenne ihn nicht, aber jemand war drinnen.«

»So«, sagte Morten plötzlich arglistig, »woher wollen Sie das wissen, ohne selber im Haus gewesen zu sein?«

Bob machte sich von Jenny frei und schaute Morten verächtlich an. »Man muß nicht in einem Haus sein, um zu wissen, daß einer drin ist, wenn man ihn durch das Türfenster sehen kann. Der Kerl stand ja direkt auf der anderen Seite der Tür, als ich den Zettel feststeckte. Der Vorhang ist ganz dünn.«

»Er ist aus Plastik«, warf Jenny eifrig dazwischen.

»Ganz egal, aus was er ist. Auf jeden Fall ist er durchsichtig. Und da stand der Kerl auf der anderen Seite. Als ich ihn sah, dachte ich mir, daß jetzt vielleicht doch nicht der richtige Moment wäre, sie um das Geld zu bitten. Deshalb bin ich verduftet.«

»Sie rannten weg?«

»Nein, gerannt bin ich nicht. Ich bin gegangen wie jeder andere Mensch.«

»Sie gingen ruhig weg, und Sie ließen den Zettel da, obwohl Sie gar nicht mehr die Absicht hatten, zurückzukommen?«

»Den Zettel hatte ich vergessen. Ich schwöre Ihnen, daß ich die Wahrheit sage, Mr. Ten Eyck. Warum wollen Sie mir nicht glauben?«

»Sie glauben ihm nicht, weil Sie ihm nicht glauben wollen«, kreischte Jenny. »Aber es ist jemand dortgewesen, und ich kann Ihnen auch sagen, wer; wenn ich ihn auch nicht selber gesehen habe.«

Meine Mutter trat auf sie zu, noch ehe Ten Eyck den Mund zu einer Antwort öffnen konnte. »Jenny«, sagte sie begütigend, »wenn du nur einsehen würdest, daß es keinen Grund zur Aufregung gibt. Ten Eyck versucht nur . . .«

»Entschuldigen Sie, Mrs. Ayres, aber für Bob und mich gibt es allerhand Grund zur Aufregung.« Sie blickte uns alle der Reihe nach an. »Wenn es hier Scherereien gibt, kann das Ihnen allen egal sein, weil Sie zur Nicholas-Street gehören und überhaupt nicht wissen, was Scherereien sind. Aber Bob und ich, wir sind nichts anderes als lumpiges Five-Corners-Pack, nicht wahr? Und wenn irgendwo ein Verbrechen begangen worden ist, nimmt jeder sogleich an, daß wir die Schuldigen sind. Oder stimmt das vielleicht nicht?«

»Hören Sie, Jenny«, sagte Mr. Ten Eyck unwirsch. »Dieses Geschwätz bringt uns nicht weiter. Erzählen Sie uns erst einmal ein bißchen mehr über den Mann im Haus, von dem Sie anscheinend soviel wissen.«

»Ich kann Ihnen nicht halb soviel erzählen wie er selbst«, sagte Jenny bedächtig und blickte dabei Matt voll ins Gesicht. »Habe ich recht, Mr. Chaves?« fragte sie giftig.

Matts Miene war ausdruckslos. »Wollen Sie damit sagen, daß ich letzte Nacht in Miss Ballous Haus gewesen bin, Jenny?« Es klang nicht die Spur Ärger aus seiner Stimme. Es war eine höfliche Frage, als ob er etwas nicht richtig verstanden hätte und um eine Erklärung bäte.

»Genau das will ich sagen, Mr. Chaves.«

»Sind Sie sicher?« fragte Ten Eyck.

»Wenn Sie meinen, ob ich dort war und ihn gesehen habe: nein. Das habe ich Ihnen ja schon gesagt. Aber ich bin sicher, daß Mr. Chaves der Mann gewesen ist, den Bob gesehen hat, und daß er die Schuld an Miss Ballous Tod trägt.«

»Und woher wollen Sie das wissen?« drängte Ten Eyck.

»Aus seinem Benehmen heute morgen. Daher weiß ich es. Als er hörte, daß ich hinübergehen wollte, um den Boiler anzuheizen, gab er sich alle Mühe, mir die Absicht auszureden. Er hätte mich liebend gern davon abgehalten, in den Keller drüben zu gehen, weil er längst wußte, daß sie tot dort unten lag. Er hat mich sogar aus dem Dachstock ausgesperrt, als ich den Schlüssel holen wollte, um hinüberzugehen. Nur hinterher hat er die Nerven verloren und die Sache mit der Dachstocktür wieder in Ordnung bringen wollen. Er ist schlau, das gebe ich zu, aber mich kann er nicht hinters Licht führen.«

Ten Eyck starrte Matt grimmig an. »Stimmt das?«

Matts Gesicht war noch immer völlig ausdruckslos. »So sehr

ich es für die Five-Corners-Minderheit bedaure: Es stimmt nicht.«
Es war grausam, wie er sofort den Finger auf den wunden Punkt seiner Mitmenschen zu legen verstand, und ich weiß nicht, wer im Augenblick mehr gekränkt war: Jenny, die spüren mußte, daß er sich über sie lustig machte, oder Ten Eyck, der sich eingestehen mußte, daß er sich von Jennys Vorurteil hatte beeinflussen lassen. Mr. Ten Eyck war der erste, der die Sprache wiederfand.
»Schön«, sagte er eisig. »Immerhin ist diese Geschichte mit dem Schlüssel sehr interessant. Ich meine, das sollten wir doch sofort aufklären. Glauben Sie, daß Ihnen das gelingen wird, lieber Freund?«
Obgleich die Frage an Matt gerichtet war, brach Jenny sofort wieder in einen Redeschwall aus; sie war jedoch so konfus, daß sogar ich keinen Schimmer hatte, was sie eigentlich sagen wollte. Aber meine Mutter fiel ihr ins Wort; und wenn sie auch endlos auf den unwichtigsten Nebensächlichkeiten herumreitet, so hat sie doch immerhin ein gutes Gedächtnis. Als sie mit ihrer Erklärung fertig war, hatte Ten Eyck den Vorfall begriffen und nickte.
»Ich verstehe«, sagte er. »Es ist also möglich, daß Mr. Chaves die Tür zum Dachgeschoß abschloß, um einen dummen Scherz zu machen. Es kann aber auch sein, daß er einen triftigeren Grund hatte. – Wollen Sie mir vielleicht erklären, weshalb Sie es taten?« wandte er sich an Matt.
Da rief mein Bruder aus heiterem Himmel: »Das kann er nicht.«
»Das kann er nicht?« wiederholte Ten Eyck völlig verblüfft.
Dick schluckte schwer. »Nein. Weil *er* nämlich die Tür gar nicht abgeschlossen hat, sondern ich.«
Meine Mutter sagte gereizt: »Du hast das getan?« Dick zuckte beim Ton ihrer Stimme zusammen. »Aber du hast doch gesagt, daß du sofort nach dem Frühstück das Haus verlassen hast.«
»Das muß aber doch nicht heißen, daß ich Hals über Kopf davongestürzt bin«, erwiderte Dick ungeduldig. »Ich fühlte mich nicht ganz wohl und blieb deshalb noch eine Weile oben. Dann fiel mir ein, daß Miss Ballou einmal erwähnte, sie habe

ein paar gute Schallplatten in ihrer Wohnung und ich dürfe sie mir jederzeit ausleihen. Da ich glaubte, daß sie nicht daheim sei, kam mir die Idee, Jennys Schlüssel zu benutzen.«
»Aber was hat das alles damit zu tun, daß die Tür zum Dachstock abgeschlossen war?« sagte Ten Eyck. »Dieser faule Witz . . .«
»Ich wollte gar keinen Witz machen. Ich hörte Jenny die Treppe heraufkommen und fürchtete, sie könnte mich da oben finden und sich darüber ärgern. Ich schloß die Tür ab, ehe ich noch richtig darüber nachgedacht hatte.«
Ten Eyck schüttelte verständnislos den Kopf. »Aber wenn dir soviel an dem Schlüssel lag, warum hast du ihn dir nicht einfach geben lassen? Du konntest doch Jenny darum bitten.«
Dick sah begossen aus. »Weil ich wußte, daß meine Mutter nicht einverstanden wäre, wenn ich hinüberginge. Ich wollte nicht, daß sie davon hörte. Das ist doch schließlich kein Verbrechen?«
»O Dick«, sagte Mutter klagend, »du solltest mich doch besser kennen.«
Ten Eyck unterbrach sie. »Also, dann bist du oben im Dachgeschoß gewesen und nicht Mr. Chaves?«
»Richtig.«
Ten Eyck musterte ihn von oben bis unten. »Und wo hast du den Schlüssel gefunden?«
Dick blickte hilflos von einem zum andern. »Ich weiß nicht, was Sie meinen?«
»Ich glaube doch. Wo hast du den Schlüssel gefunden? Lag er in einer Schublade? Hing er an der Wand?«
»Ach so«, sagte Dick und fuhr sich mit der Zunge über die Lippen. »Ich glaube, er war in der Kommodenschublade. Ich meine . . . natürlich war er dort. In der obersten Schublade.«
»Bist du sicher?«
»Ich . . . ja, ganz sicher.«
Er war fürchterlich erschrocken und verwirrt und tat mir aufrichtig leid, obgleich ich die Vorstellung, daß er da oben in Jennys Habseligkeiten herumgewühlt hatte, recht unsympathisch fand. Aber er tat mir noch mehr leid, als Ten Eyck sich plötzlich zu Jenny wandte und sie fragte: »Bewahren Sie den Schlüssel dort auf?« und sie triumphierend trompetete: »Nein,

niemals. Er hängt immer an einem Haken an der Wand, direkt neben der Tür.«
Dicks Lippen bewegten sich, aber er brachte kein Wort heraus.
»Warst du überhaupt in Jennys Zimmer?« fragte Ten Eyck.
Dick schüttelte fast unmerklich den Kopf, und Mutter rief: »Dick, warum hast du gesagt, daß du dort gewesen bist? Warum mußt du dich in diese ganze Geschichte einmischen?«
Es machte den Eindruck, als hätte sie damit seine Lebensgeister wieder geweckt. »Das ist mir alles ganz egal!« schrie er. »Ich glaube nie und nimmer, daß Matt es getan hat. Aber ihr alle versucht, es ihm anzuhängen. Und er würde so etwas niemals tun. Das wißt ihr ganz genau.«
Ten Eyck schaute ihn wütend an. »Und da bildest du dir ein, es sei der geeignete Moment, eine tolle Lügengeschichte vom Stapel zu lassen, und das Durcheinander noch zu vergrößern!«
»Ich wollte ihm doch nur helfen.«
»Weshalb mußt ausgerechnet du ihm helfen? Glaubst du, er kann sich nicht allein seiner Haut wehren?«
»Ich weiß es nicht. Aber ich weiß, daß er es nicht getan hat.«
»Wieso bist du dessen so sicher?«
»Weil er nicht der Mensch ist dazu. Wenn er sich auch manchmal merkwürdig benimmt: umbringen tut er bestimmt keinen. Und Miss Ballou hätte er auf keinen Fall auch nur ein Haar gekrümmt. Ich hörte, wie er sagte, daß ihr Leben in eine heillose Verwirrung geraten sei und man Mitleid mit ihr haben müsse. So etwas sagt man nicht von jemand, den man umbringen will. Habe ich nicht recht?«
Das sagte mein Bruder! Er hatte Matt nie so gut gekannt wie ich, war ihm nie so nahe gestanden wie ich, und doch sprach er laut aus, was zu sagen eigentlich meine Sache gewesen wäre. Ich haßte ihn dafür, doch gleichzeitig liebte ich ihn auch dafür.
Man konnte gut sehen, daß Mr. Ten Eyck sich schwer zusammennehmen mußte, um nicht in die Luft zu gehen. »Das ist alles gut und schön, Dick«, sagte er. »Ich bin überzeugt, daß du eine Menge Bücher über Psychologie gelesen hast und dich in all dem Zeug auskennst. Aber ich möchte dir etwas sagen, und« – er deutete auf uns alle – »das gilt auch für die andern. Eine Frau ist umgebracht worden! Meiner Meinung nach

ist ein Mord keineswegs so unterhaltend, wie es in manchen Kriminalromanen geschildert wird, in Büchern, die von Leuten gelesen werden, die noch nie einen Toten gesehen haben mit einer Kugel im Bauch oder mit eingeschlagenem Schädel oder ein Mädchen, das von irgendeinem Schuft erwürgt worden ist. Und meiner Meinung nach gehört es sich nicht, der Polizei Lügen aufzutischen und die Tatsachen zu vernebeln, damit der ungeschoren davonkommt und das nächste Mal, wenn er gerade Lust dazu hat, wieder einen umbringen kann. Das ist mein heiliger Ernst, und ich meine, ihr solltet das wissen und euch danach richten.«

So klein und dick Ten Eyck war, manchmal verstand er es doch, einem zu imponieren. Von uns allen schien Matt der einzige, der unbeeindruckt blieb. »Schön«, sagte er gelassen, »versuchen wir also, Klarheit zu schaffen. Zu diesem Zweck möchte ich noch einmal auf die Sache mit der Unterschrift zurückkommen und bemerken, daß ein gewaltiger Unterschied zwischen einer unterschriebenen und einer nicht unterschriebenen Mitteilung besteht. Bob sagt, er habe die Mitteilung unterschrieben. Ich glaube, daß das stimmt, denn die letzte Zeile steht so dicht an der Kante des Zettels, daß hier wohl ein Streifen abgerissen worden ist. Irgend jemand war raffiniert genug zu wissen, daß man über kurz oder lang Bob als Urheber dieses Zettels herausfinden würde. Wie es auch geschah. Und daß der Zettel Bob dann automatisch aufs schwerste belasten mußte.«

»Dann versucht also jemand, mir die Schuld in die Schuhe zu schieben«, sagte Bob mit angstzitternder Stimme. »Der Kerl hinter der Tür. Wenn ich den zu fassen kriege!«

»Oh«, sagte Ten Eyck, »da wären wir wieder bei unserem geheimnisvollen Mann.«

»Es war jemand da. Ich schwöre es Ihnen, Mr. Ten Eyck.

»Sie schwören ein bißchen leicht, mein Freund. Ich möchte es mir erst noch einmal genauer überlegen, ehe ich Ihren Schwüren traue. Aber vor allen Dingen bin ich dafür, daß wir jetzt das tun, weswegen wir hier zusammen sind. Ich möchte die ganze Sache, so gut es geht, rekonstruieren, so daß ich mir selber ein Bild machen kann. Wenn wir jetzt hinausgehen, und jeder von euch tut, was er behauptet, getan zu haben, wird

das ganze Geschwätz von Türen und Zetteln und geheimnisvollen Männern vielleicht einen Sinn bekommen.«
»Hinausgehen!« sagte meine Mutter entsetzt. »Wo die ganze Nachbarschaft auf der Straße herumsteht und . . .«
Ten Eyck seufzte. »Ich werde den Leuten klarmachen, daß sie verschwinden sollen«, sagte er.

19

Die Nachbarn standen wirklich alle draußen, wie Mutter gesagt hatte, und Ten Eyck versuchte, sie wegzuschicken. Es war nicht leicht, aber schließlich verzogen sie sich alle und ließen uns auf dem Fahrweg allein.
Es war heiß und still. Über unserem Auto, das vor der Haustür stand, konnte man die Luft flimmern sehen. Kate Ballous großes Kabriolett stand in der Garage, und ich überlegte mir, was nun mit ihm geschehen würde. Und mit all den hübschen Sachen, die mir immer wie ein Teil von ihr selbst erschienen waren, ihrem Schmuck, den Bildern an den Wänden, den Kleidern in den Schränken. Irgendwie kam es mir vor, als ob man die Tür abschließen und das ganze Haus sich selbst überlassen sollte, bis es in Staub zerfiel und nichts mehr davon übrigblieb. Aber das war natürlich unmöglich. Kate Ballou war tot, aber die Dinge, die sie hinterlassen hatte, führten ihr eigenes Leben. Sie waren jetzt wirklicher als ihre Besitzerin. Von ihr würde nichts bleiben als ihr Namenszug auf einigen Bildern und unter ein paar Briefen und Dokumenten. Aber ihre Hinterlassenschaft würde verschenkt oder verkauft werden und immer noch da sein.
Matt hatte mir bei einer Gelegenheit erzählt: »Ich erinnere mich, wie ich Kate zum erstenmal traf. Wir waren zu viert oder fünft bei Wallace im Büro, als sie hereinkam. Sie hatte einen Nerzmantel an, einen von den ganz teuren, und ich erinnere mich genau, daß ich damals dachte: na, der Pelz da kostet wahrscheinlich mehr, als ich im ganzen Jahr verdiene.
»Und weißt du, was sie tat? Sie zog ihn aus und warf ihn in die Ecke. Wenn ein Kürschner das gesehen hätte, wären ihm

sämtliche Haare zu Berg gestanden. Aber ihr war es am bequemsten, den Mantel irgendwohin zu feuern, und da tat sie es eben.«

»Bewundernswert«, sagte ich ironisch. »Und du bist sicher, daß sie es nicht absichtlich tat, um Eindruck zu schinden?«

»Das war mein erster Gedanke auch. Aber er war falsch.«

»Tatsächlich?«

»Falscher als falsch. Je besser ich sie kennenlernte, desto mehr merkte ich, daß die Art und Weise, wie sie mit dem Mantel umging, typisch für Kate Ballou ist. Sie macht es mit allen ihren Sachen so, ausgenommen mit Bildern. Ich meine nicht das Zeug, das sie den Zeitschriften verkauft, sondern ihre Gemälde und die Bilder, die sie sammelt. Aber alle anderen Sachen sind für sie Dinge des täglichen Gebrauchs, die man benutzt und dann beiseite wirft, bis man sie wieder braucht.«

»Und das findest du großartig?«

»Verstehst du nicht, warum?«

»Ich fürchte, ich bin etwas beschränkt, aber ich verstehe es tatsächlich nicht.«

»Du bist hübsch, und du bist beschränkt. Aber lassen wir das. Die Sache ist die, daß Kate selber wichtiger ist als alles, was sie besitzt. Das hört sich vielleicht etwas unklar an, aber wenn du dir ein bißchen Mühe gibst, wirst du es schon begreifen. Sie ist wichtiger als ihre Pelze oder ihr Auto oder ihr Haus an der Nicholas-Street oder irgend etwas anderes, das ihr gehört. Wichtig ist nur ihre eigene Person. Sie ist eine Malerin, die heute schon allgemein geschätzt wird und der man eine große Zukunft voraussagt. Und das ist der Grund, warum sie sagen kann: Ich bin wichtig, und deshalb besitze ich diese Dinge, und nicht: Ich besitze diese Dinge, und deshalb bin ich wichtig. Nur kleine, unbedeutende Menschen müssen sagen: Seht nicht mich an, sondern das, was ich besitze.«

»Ich kann nicht einmal das sagen, Matt. Was besitze ich schon?«

»Du besitzt mich, mein Liebling, und wenn du zu mir hältst, wirst du in Fetzen herumlaufen.«

»Phantastisch!«

»Und es wird dir gefallen!«

Also, ich bin wichtig, hatte Kate Ballou gesagt. Aber jetzt war

sie es nicht mehr. Jetzt war sie unwichtiger als das geringste Lebewesen, das noch atmete. Unwichtiger als die Ameise dort, die über den Zementboden lief, nach einer Ritze suchte und plötzlich unter einem riesigen Schuh begraben wurde. Zertreten – aus und vorbei.
Ich mußte es laut hinausgeschrien haben, denn die anderen schauten mich an, und Dick hob den Fuß hoch, unter dem ein winziger feuchter Fleck sichtbar wurde, als er mir beunruhigt sein Gesicht zuwandte.
»Was ist los, Schwester?«
»Die Ameise«, rief ich, und dann: »Nichts, gar nichts.«
»Es klang, als seist du fürchterlich erschrocken, und du siehst auch so merkwürdig aus. Ist dir nicht gut?«
Es fiel mir auf, daß er selber auch nicht gut aussah. Wir alle nicht. »Oh, es geht mir ausgezeichnet, ganz hervorragend«, sagte ich.
Mr. Ten Eyck blickte mich über seine Brillengläser hinweg an. »Kommen Sie, Bettina, Sie wissen, daß es keinen Sinn hat, sich etwas vormachen zu wollen.«
»Sie haben recht«, sagte ich. »Es tut mir leid.«
Meiner Stimme war anzuhören, daß es mir keineswegs leid tat, aber er ging nicht weiter darauf ein und wandte sich zu Dick. »Dick«, sagte er, »geh jetzt in die Garage und stell dich dorthin, wo du gestanden hast, als du Bob sahst. Und Bob geht zur Seitentür und tut genau das, was er letzte Nacht getan hat. Das heißt, er klopft an die Tür und schreibt den Zettel und schaut dorthin, wo er den geheimnisvollen Mann gesehen haben will. Und Sie«, sagte er zu Matt, »es wäre mir lieb, wenn Sie auch etwas täten.«
»Was?«
»Ich möchte, daß Sie ins Haus gehen und direkt hinter der Tür stehen bleiben. So, als ob Sie jemand an der Tür gehört und das Gesicht nach ihm gedreht hätten, um zu sehen, wer es ist.«
»Ich verstehe«, sagte Matt. »Und was geschieht, wenn Bob behauptet, daß er mich erkennt, und daß ich jener Mann gewesen sei? Und wenn ich dann zwanzig Zeugen von der Fähre beibringe, die aussagen, daß ich die ganze Zeit dort war, während die Sache hier passierte?«

»Was später geschieht, ist Ihre Sache, mein Freund. Vorläufig wird hier einmal gemacht, was ich will.«
Der Schlüssel ließ sich schwer umdrehen, aber endlich gelang es Ten Eyck, die Tür zu öffnen, und Matt ging hinein. Dann wurde die Tür wieder abgeschlossen, während Bob seinen Posten bezog, und Dick zögernd auf die Garage zuschritt.
»Also«, sagte Ten Eyck zu Bob, »Sie kamen hier auf die Tür zu und dachten: vielleicht ist die Dame jetzt daheim. Was taten Sie dann?«
»Ich läutete.« Bob drückte seinen Finger auf den Knopf, und man konnte es in der Küche klingeln hören. »Ich läutete ziemlich lang, aber es kam niemand.«
»Und dann? Haben Sie geklopft?«
Bob blickte ihn erstaunt an. »Um diese Zeit? Es muß ungefähr zehn Uhr gewesen sein. Und ich hörte ja, daß die Glocke läutete. Es hätte gar keinen Sinn gehabt zu klopfen.«
»Also, Sie haben nur geläutet! Und dann?«
»Na ja, dann habe ich mir das mit dem Zettel überlegt. Ich meine, ich habe gedacht, ich lasse ihr eine Notiz da, daß sie sich melden soll, ehe sie wegzieht. Und das habe ich gemacht.«
»Hatten Sie einen Bleistift und Papier bei sich?«
»Natürlich. Bleistift und Papier habe ich immer bei mir.«
»Jetzt auch?«
Bob griff zögernd in die Tasche und ließ dann betroffen die Hände sinken. Er sah ängstlich drein. »Nein, jetzt nicht. Als Sie so plötzlich zu mir gekommen sind ... Ich meine, als Sie mir das alles an den Kopf geworfen haben, mit Miss Ballou – daß sie tot ist und so weiter. Ich hatte ja nicht einmal Zeit, mein Hemd richtig zuzuknöpfen.«
Ten Eyck sagte trocken: »Sie meinen, wenn ich nicht so plötzlich erschienen wäre, hätten Sie zum Fußballspiel heute nachmittag Papier und Bleistift mitgenommen?«
»Das habe ich nicht behauptet, aber an Werktagen habe ich das Zeug immer dabei. Ich brauche es doch für Bestellungen.«
»Nur keine Aufregung, Bob.«
»Na, so wie Sie einem das Wort im Mund umdrehen, und einen die ganze Zeit zum Lügner stempeln ...!«
»Niemand stempelt Sie zum Lügner, wenn Sie die Wahrheit sagen. Aber lassen wir das. Hier haben Sie Bleistift und Pa-

pier. Schreiben Sie jetzt genauso, wie Sie es gestern abend getan haben.«

Bob ergriff den kleinen Block und den Bleistiftstummel. Dann zögerte er. »Ich weiß nicht mehr genau, was ich geschrieben habe.«

Ten Eyck faltete den Zettel auseinander, und während Bob, den Block gegen die Hauswand gepreßt, anfing zu schreiben, las er laut vor: »Sie sagten, nicht später als heute abend, also habe ich bei Ihnen geläutet. Ich komme noch mal vorbei.«

»Und dann habe ich unterschrieben«, sagte Bob.

»Schön, dann unterschreiben Sie jetzt auch. Und dann weiter wie gestern abend.«

Ten Eyck nahm Block und Bleistift wieder an sich und beobachtete Bob scharf, der den Zettel nun sorgfältig faltete. Zuerst in die Hälfte und dann noch einmal in die Hälfte. Dann steckte er ihn in die Spalte am Türfenster und trat einen Schritt zurück.

»Genauso ist es gewesen.«

»Und dann?«

»Gerade als ich weggehen wollte, dachte ich, ich hätte hinter der Tür ein Gesicht gesehen. Deswegen schaute ich noch einmal genauer hin und war dann fest überzeugt, daß jemand dort stand. Wie Mr. Chaves jetzt.«

Ten Eyck blickte nach dem Schatten von Matts Kopf hinter dem Türvorhang und dann zurück auf Bob. »Obwohl es dunkel war – Sie haben gesagt, es war spät am Abend –, wollen Sie durch die Lattentür und den Vorhang hindurch einen Männerkopf dort erkannt haben? Stimmt das wirklich?«

»Es war gar nicht so dunkel. Ich habe ja auch den Zettel schreiben können. Von irgendwoher muß Licht gekommen sein.«

»Hier draußen selbstverständlich, von der Straßenbeleuchtung und dem Mond. Aber hinter dem Vorhang, mein Freund, war das nicht gut möglich.«

»Dann muß im Haus ein Licht gebrannt haben. Es kann gar nicht anders sein. Vielleicht nicht so hell wie die Küchenlampe, aber möglicherweise im Eßzimmer oder sonstwo. Auf jeden Fall war es nicht ganz dunkel.«

»Ich verstehe. Demnach brannte also eine Lampe im Haus?«

»Es kann nicht anders sein.«
»Im Interesse Ihrer Geschichte: ja, aber im Interesse der reinen Wahrheit bin ich nicht so überzeugt.« Ten Eyck wies nach der Tür. »Inzwischen wollen wir einmal annehmen, es stand wirklich jemand dort. Sind Sie sicher, daß es Mr. Chaves war, der jetzt auch dort steht?«
Bob sah scharf durch das Türfenster, indem er den Kopf zuerst auf die eine und dann auf die andere Seite neigte. »Wie soll ich das mit Bestimmtheit sagen? Man kann ja kaum etwas sehen durch den Vorhang und die Lattentür.«
»Aber Sie wissen, daß es ein Mann gewesen ist?«
»Er sah wie ein Mann aus«, sagte Bob gequält. »Man erkennt doch einen Männerkopf am Haarschnitt und so. Ich glaube, es war ein Mann. Ich bin fast sicher.«
»Fast?«
»Sie wollen doch, daß ich nur das sage, was ich bestimmt weiß.«
Hinter der Tür hörte man Matts gedämpfte Stimme. »Wie lange soll ich noch herumstehen? Ich bin die Geschichte leid.«
Ten Eyck öffnete die Tür, ließ Matt heraus und schloß sie wieder hinter ihm, ohne dabei Bob aus den Augen zu lassen.
»Und nun«, sagte er zu Bob, »was geschah dann?«
»Ich ging weg. Das ist alles. Ich ging direkt nach Hause.«
Ten Eyck deutete auf Jenny. »Sie haben sich unterwegs nicht mehr bei der jungen Dame dort aufgehalten?«
»Nein. Ich wollte doch heute spielen. Wenn ich spiele, muß ich mich in der Nacht vorher gründlich ausschlafen.«
»Sie sind also fortgegangen und direkt nach Hause?«
»Jawohl.«
Ten Eyck drehte sich triumphierend zu Dick, der unter der Garagentür stand. »Dick, hast du nicht gesagt, du hättest Bob wegrennen sehen? Und zwar so schnell, daß du ihn nicht einholen konntest, als du es versuchtest?«
»Nein«, sagte Dick betroffen.
Ten Eyck riß erstaunt die Augen auf. »Nein?«
»Ich habe nicht behauptet, daß es Bob gewesen ist. Ich sagte nur, daß ich jemand wegrennen sah. Aber ich weiß nicht, wer.«
»Bob gibt selbst zu, daß er hier gewesen ist. Er erklärt, es sei

hell genug gewesen, diese Notizen zu schreiben. Und du – drei oder vier Schritte von ihm entfernt – weißt nicht, wen du gesehen hast?«

»Ich weiß es wirklich nicht.«

»Du lügst, um ihn zu decken. Was geht zwischen euch beiden vor?«

»Ich lüge nicht, um ihn zu decken. Ich bin meiner Sache nur nicht sicher.«

»Es macht den Eindruck, als sei kein Mensch hier seiner Sache sicher«, sagte Ten Eyck aufgebracht. »Aber wenn ihr euch einbildet, jemand auf diese Art schützen zu können, so seid ihr auf dem Holzweg.« Er nahm Bob abermals aufs Korn. »Ich kann Ihnen versichern, daß diese ganzen Ausreden und Lügen schlimmer für Sie sind als irgend etwas sonst.«

Bobs Stimme wurde vor Angst ganz schrill und hoch wie eine Frauenstimme. »Ich lüge nicht«, kreischte er. »Ich bin einfach weggegangen. So wie jetzt.« Er begann langsam den Fahrweg hinabzuschlendern, auf die Straße zu, während er seine Augen auf Ten Eyck gerichtet hielt. Dann machte er plötzlich einen Satz und raste den Fahrweg entlang und um die Ecke. Im Nu war er außer Sicht.

Wir standen alle wie vom Donner gerührt. Der erste, der sich faßte, war Ten Eyck. »Jesus«, schrie er und begann ebenfalls, den Fahrweg hinunterzulaufen. Aber er hatte noch keine zwei Schritte gemacht, als Jenny ihn am Arm packte und fast zu Boden warf. Er versuchte, sich loszureißen, aber sie hielt ihn mit der einen Hand fest und versuchte mit der andern, nach ihm zu schlagen.

»Wenn Sie ihm was tun«, schrie sie, »bringe ich Sie um!«

»Loslassen!« tobte Ten Eyck. »Bilden Sie sich wirklich ein, dadurch könnten Sie ihm helfen?« Endlich gelang es ihm, sich von ihr zu befreien, aber dann mußte er einsehen, wie wir anderen auch, daß es hoffnungslos war, hinter Bob herzurennen. Keuchend wandte er sich wieder an Jenny: »Wenn dem Jungen etwas passiert, trifft Sie die Verantwortung, meine Liebe.«

»Sie haben ihn zu Tode erschreckt«, belferte Jenny. »Was können Sie anderes erwarten?«

Ten Eyck gab ihr keine Antwort. »Dick«, sagte er, »fahr mich bitte zur Wache. Ich will ein paar von meinen Leuten hinter ihm herhetzen.« Er und Dick waren schon fast bei unserem Auto angelangt, als er sich plötzlich umwandte und uns zurief: »Und ihr bleibt alle hier! Alle, verstanden?«

20

Wir gingen alle ins Haus. So glaubte ich wenigstens, bis ich merkte, daß Matt nicht dabei war. Auf dem Fahrweg hatte er noch neben mir gestanden, als wir uns nach dem Haus umdrehten, und jetzt war er nicht mehr da. Ich ging zum Küchenfenster, das auf den Fahrweg hinausging, Matt war jedoch nirgends zu sehen. Ich rannte durch das Wohnzimmer auf die Veranda, mit einem merkwürdigen Angstgefühl im Herzen, aber auf der Straße war er auch nicht. Ten Eyck hatte ihm befohlen zu bleiben, doch Matthew Chaves gehorchte nur seinem eigenen Gesetz; er kam und ging, wie es ihm paßte.

Wenn *ich* ihm gesagt hätte, er solle bleiben . . .? Aber ich hatte es nicht gesagt. Heute morgen hatte ich ihm bedeutet, er solle gehen. Ich hatte ihm erklärt, wir seien fertig miteinander. Ich hatte ihm gesagt, daß er hart und eingebildet und verkommen sei, trotz aller schönen, zärtlichen, wohlgedrechselten Worte. Und daß jede Frau, die ihn liebte, nichts anderes sein könnte als ein Satellit, der ihn bieder und brav auf seiner Bahn begleitet und umkreist, ganz egal, wie verrückt diese Bahn auch ist und ob sie zu Haß und Verzweiflung und einem zerstörten Leben führt.

Und nun war er gegangen. Aber natürlich hatte er eine Erbschaft hinterlassen. Die Fettwänste und Pausbackengesichter, die ich heiraten würde, bis ich genug von ihnen hätte, um mit fliegenden Fahnen zu ihm zurückzukehren; mit dem Erfolg, daß wir dort beginnen würden, wo mein Vater und Kate Ballou aufgehört hatten. In dieser Welt, die voll ist von arroganten Männern, kann es keinen arroganteren geben als Matthew Chaves.

Ich saß im Wohnzimmer mit hocherhobenem Kopf und im Schoß gefalteten Händen und beobachtete den Uhrzeiger, wie er vorwärts kroch. *Warum weinst du nicht, Bettina,* tickte die

Uhr, *weine doch, weine doch.*
Aber er würde sich ja nur darüber freuen. Einzig mein Traum-Jonathan verstand sich darauf, warmherzig und zärtlich zu einer weinenden Frau zu sein. Schließlich gab es noch andere Männer für Bettina Ayres. Sie mußten nicht unbedingt Schmerbäuche und Pausbacken haben. Selbst in Sutton gab es noch Jonathans. Und wenn nicht in Sutton, so doch anderswo. Wenn ich nur die Hälfte von all dem war, was Matt Chaves von mir behauptete, konnte ich jeden Mann haben, den ich mir in den Kopf setzte. Mindestens in den Teil meines Kopfes, der nicht voll war mit Matt Chaves.

Auf jeden Fall mußte ich ihn vergessen. Selbst wenn er jetzt vor mir stünde . . .

»Betty«, sagte Matt. »Nein, bleib doch sitzen, Schäfchen. Du siehst ja aus, als wolltest du gerade ohnmächtig werden. Kann ich dir helfen? Soll ich dir etwas holen?«

»Matt! Um Himmels willen, wo hast du gesteckt? Nein! Sag nichts! Ich will es nicht wissen. Ich will nichts davon hören.«

»Möchtest du nicht gefälligst deine Finger von den Ohren wegnehmen und endlich aufhören, mit dem Kopf zu schütteln. Du machst dich verrückt für nichts und wieder nichts, Betty.«

»Ich will nichts hören! Laß mich los!«

Seine Hände, die meine Handgelenke umklammert hielten, waren wie Eisenfesseln. Ich wollte sie abschütteln, aber es gelang mir nicht.

Er zog mich vom Stuhl hoch und rüttelte mich. »Was ist denn los? Ist etwas passiert, während ich weg war?«

»Nein, ich will nur, daß du mich in Ruhe läßt.«

Er dachte nicht daran. Er hielt mich so fest an sich gepreßt, daß ich wußte, am nächsten Morgen würde ich blaue Flecken haben. Ich konnte den Schweiß auf seiner Brust durch mein Kleid hindurch spüren.

»Betty, weißt du, wie dein Haar riecht?«

Ich machte mich ganz steif. »Nein. Aber dein Geruch nach Staub und Schweiß ist nicht sehr angenehm.«

»Das kann passieren, wenn man in einem Wetter wie heute herumrennen muß.«

»Herumrennen? Wo?«

»Ich war drüben beim Fußballspiel.«

»Beim Fußballspiel?« Diesmal gelang es mir, mich von ihm zu befreien, und die ganze Wut, die in mir kochte, mußte mir aus den Augen gefunkelt haben. »Soll das heißen, daß du wegläufst, um dir das Fußballspiel anzuschauen, während hier der Teufel los ist?«
»Ich wollte nicht das Spiel sehen, sondern Bob Macek. Und ich habe ihn auch gesehen und mit ihm gesprochen.«
Ich verstand ihn nicht sofort. »Aber Bob Macek ist doch davongerannt, und die Polizei sucht ihn jetzt.«
»Sie wird ihn in den nächsten Minuten in seinem Zimmer finden. Er hat gleichzeitig mit mir den Platz verlassen.«
»Woher hast du gewußt, daß er beim Fußballspiel ist?« fragte ich vorwurfsvoll.
»Du mußt nicht glauben, daß es eine Verabredung war. Nenn es eine Eingebung oder wie du willst, aber als er so davonstürmte, kam mir die Idee, daß der einzige Ort, den er im Kopf haben konnte, der Fußballplatz sein mußte.«
»Aber warum?«
»Weil seinem Selbstgefühl so übel mitgespielt wurde, daß er instinktiv an den einzigen Ort flüchtete, wo er es wiederherstellen konnte. Es mag dir merkwürdig vorkommen, aber für meine Begriffe ist er ein Typ, der, wenn er tatsächlich etwas ausgefressen hätte, in seiner sturen Unverschämtheit auch den Kopf dafür hinhalten würde. Für meine Begriffe besteht sein einziges Verbrechen darin, daß er sich von unserem engstirnigen und äußerst voreingenommenen Freund Ten Eyck hat ins Bockshorn jagen lassen.«
»Dann weißt du also, daß Bob Macek unschuldig ist.«
»Ich wußte es, noch ehe er sich aus dem Staub machte. Und meine Unterhaltung mit ihm hat nur bewiesen, daß meine Gedankengänge richtig waren.«
»Und was macht dich so sicher?«
Er holte tief Luft. »Ich weiß, wer es getan hat, Betty.«
Ich sagte etwas, und merkte dann erst, daß ich das Wort gar nicht laut ausgesprochen hatte. Ich räusperte mich. »Wer?« fragte ich heiser.
Er sah mich an, ohne eine Miene zu verziehen. Sein Gesicht zeigte wieder diese verdammte starre Maske, wie so oft. »Willst du nicht wissen, was Bob mir erzählt hat, Betty?«

»Ich will wissen, wer es getan hat.«
Er sagte ruhig: »Hör zu, Betty! Irgendwann einmal haben Kate und Bob sich unterhalten, und dabei kam das Gespräch auf seinen Fußballclub. Damals versprach sie ihm – wahrscheinlich aus einer Laune heraus oder weil sie Bob gut leiden mochte –, dem Club tausend Dollar zu leihen, damit er die Mannschaft neu einkleiden und den Platz herrichten lassen könne. Kein Geschenk, verstehst du, nur eine langfristige Anleihe, die der Club zurückzahlen sollte, wenn er einmal gut bei Kasse war, so das jemals der Fall sein würde. Und als Kate nun letzte Woche beim Metzger ihre Rechnung bezahlte und verlauten ließ, daß sie ihr Haus aufgeben würde, bekam Bob es mit der Angst, daß sie ihr Versprechen vergessen hätte. Für ihn war das eine tolle Sache. Eines Tages würden die Leute auf den Platz hinaus kommen, und dann trüge jeder Spieler einen funkelnagelneuen Dreß, der Platz wäre tadellos hergerichtet und alles würde genau aussehen wie im Olympia-Stadion, von dem Bob seit langem träumt. Wenn aber Kate abreiste, ohne ihm das Geld zu geben, würde der ganze Traum ins Wasser fallen. Deshalb mußte er sie unbedingt sprechen. Findest du es nicht komisch, Betty? Da steckt ein Mann plötzlich tief in einer Mordgeschichte, nur weil er einen Traum hätschelt, von dem er sich nicht öffentlich zu reden traut, vor Angst, daß ihn die Leute auslachen könnten.«
»Ich habe das Gefühl, daß du mir nicht antworten willst, Matt. Wer hat es getan?«
»Ich muß dir nicht antworten. Du hast mich ja fortgeschickt.«
»Ja, das habe ich«, antwortete ich herausfordernd. »Und wenn du mich erpressen willst, damit ich sage, zwischen uns ist alles wieder, wie es war . . .«
»Ich will dich nicht erpressen. Ich will mich nur verabschieden. Und ich möchte gern Dick noch sprechen, ehe ich gehe.«
»Von mir aus kannst du sofort gehen. Dick ist noch nicht zurückgekommen.«
»Dann werde ich jetzt duschen und hernach meine eigenen Kleider anziehen. Ich warte in seinem Zimmer auf ihn.«
Damit stieg er die Treppe hinauf. Ich hätte ihn gern zurückgerufen. Aber ich tat es nicht. Ich wollte die Antwort auf meine Frage gar nicht mehr wissen. Ich hatte plötzlich Angst davor.

21

Matt war in meinem Zimmer, als ich nach Hause kam. Er kauerte neben dem Papierkorb und betrachtete ein Stück einer zerbrochenen Schallplatte, das er herausgefischt hatte. Ich ließ die Tür hinter mir ins Schloß fallen, blieb stehen und schaute ihn an.

»Was suchst du, Matt?«

Es schien ihm nichts auszumachen, daß ich ihn beim Herumschnüffeln erwischt hatte. »Nichts«, sagte er. »Ich habe auch nicht erwartet, etwas zu finden.« Er drehte den Scherben in seinen Händen und versuchte, aus dem zerrissenen Etikett auf der Rückseite festzustellen, um was für ein Stück es sich handelte. »*La Valse* von Ravel«, sagte er. »Eines deiner Lieblingsstücke, nicht wahr?«

»Ich mag es nicht mehr.«

»Oh«, er schaute mich neugierig an. »Warum?«

»Darum.«

Er zuckte die Achseln und warf das Stück in den Papierkorb zurück. Dann stand er auf, und ich sah, daß er sein altes Sporthemd und seine eigenen Slipper trug, und er so gestriegelt und frisch gewaschen aussah, als hätte er gerade gebadet.

»Gehst du jetzt zur Fähre?« fragte ich.

»Ich gehe – aber nicht mehr zur Fähre.«

»Wohin dann?«

»Weg. Vielleicht nach New York oder San Francisco, vielleicht nach Feuerland. Auf jeden Fall weit weg von Sutton.«

»Aber Bettina?« sagte ich. »Was ist mit Bettina?«

»Ich fürchte, daß es ihr Wunsch ist, die Einwohnerzahl von Sutton nicht zu vermindern. Ich habe mich bereits von ihr verabschiedet und warte hier auf dich zu dem gleichen Zweck.«

»Oh«, sagte ich, »also, dann ›Leb wohl!‹.«

Er ging zur Tür und blieb dort stehen, den Rücken leicht gegen die Wand gelehnt. »Ich glaube nicht, daß unser Freund Ten Eyck mich noch länger braucht. Sollte es aber doch der Fall sein . . .«

»Er braucht dich nicht mehr«, sagte ich. »Sie haben Bob Macek erwischt. Er war in seinem Zimmer. Als ich das Polizeirevier verließ, brachten sie ihn gerade herein.«

»Und damit wäre alles in Ordnung«, sagte Matt. Er legte die Hand auf die Klinke, zögerte aber und drückte sie nicht nieder. »Oh, ich hätte fast vergessen, dir für alles, was du getan hast, zu danken. Ich meine, daß du für mich eingetreten bist und gesagt hast, *du* seist im Dachgeschoß gewesen und so weiter. Das war anständig von dir.«

»Ich glaube, es muß einen ziemlich blöden Eindruck gemacht haben«, sagte ich, »aber es ist mir gleich. Es war idiotisch von Mr. Ten Eyck, dich zu verdächtigen.«

»Ja«, sagte Matt, »aber nur du und ich wissen das, Dick.« Und dann ergriff er auf einmal den Türschlüssel und drehte ihn mit einer raschen Bewegung im Schloß, so daß man es klicken hörte.

Meine Hände ballten sich zu Fäusten. Ich spürte, wie meine sämtlichen Muskeln sich verkrampften. Ich machte einen Schritt auf ihn zu und sagte: »Was soll das heißen?« Aber ich sprach ganz leise, damit man es draußen auf dem Gang nicht hören konnte. Er stand jetzt ruhig vor der Tür. Und die Art, wie er mich anblickte, erinnerte mich an eine Siamkatze: die hellen Augen in dem dunklen Gesicht, und die widerliche Einbildung, die aus ihnen leuchtete.

»Schon gut«, sagte er, »ich will dir erklären, was es heißen soll, wenn du mir eine einzige Frage beantwortest.«

»Und das wäre?«

»Hast du gewußt, daß dein Vater ein Verhältnis mit Kate Ballou hatte?«

»Mein Vater mit Kate Ballou? Ein Verhältnis?«

»Du bist groß genug zu verstehen, was ich sage, ohne daß ich dich erst aufklären muß. In Wahrheit bist du sogar so groß, daß es mir angenehmer wäre, wenn du mir nicht zu nahe kämst. Bleib, wo du bist, und wir werden uns schon verständigen.«

»Nein«, sagte ich. »Ich habe gar nicht die Absicht, mich mit dir zu verständigen. Man hat dir gesagt, du sollst von hier verschwinden. Kein Mensch will dich mehr in diesem Haus haben. Meine Mutter nicht und Bettina auch nicht. Und deshalb versuchst du jetzt, ein Greuelmärchen zu erfinden, um dich an

uns zu rächen. Aber mich kannst du nicht aufs Glatteis führen.«
»Der Teufel soll mich holen«, sagte er und schien ehrlich überrascht. »Du hast es also nicht gewußt.«
»Meinst du, dein Geschwätz interessiert mich?«
Er schaute mich an, und seine Augen standen so nah beieinander wie bei einer Katze. »Wenn du es nicht gewußt hast, warum hast du es dann getan? Was für einen idiotischen Grund solltest du sonst gehabt haben?«
»Was?«
»Du Schwein«, sagte er leise, »du hast sie umgebracht. Du hast sie in deinen verdammten groben Händen gehabt und sie wie ein Zündholz zerbrochen. Aber warum? Warum hast du es getan?«
»Ich habe es nicht getan. Aber wenn du weiter so redest, werde ich *dich* umbringen.«
»Warum nicht? Du hast es ja schon einmal probiert.«
Ich verstand ihn nicht. Es war kein Theater, ich verstand ihn tatsächlich nicht. »Ich? Ich soll versucht haben, dich zu töten?«
»Der unfreiwillige Zeuge«, sagte er. »Der saubere, anständige, unfreiwillige Zeuge. Der Herr, der schlau genug ist zu behaupten, er hätte den Schlüssel genommen, um hinterher seine Aussage zu widerrufen und mich damit erst recht verdächtig zu machen. Der Herr, der schlau genug ist zu sagen, er hätte Bob Macek wegrennen sehen, um hinterher zu erklären, er hätte Bob Macek nicht erkannt, so daß sich jeder fragen muß, was für Lügen Bob da wohl aufgetischt hat. Es ist eine großartige Rolle, nicht wahr, diese Rolle des unfreiwilligen Zeugen, weil sie Bob oder mich unfehlbar auf den elektrischen Stuhl bringen kann. Und du stehst daneben als unser bester Freund und schaust voller Mitleid zu.«
»Ich habe versucht, dir zu helfen«, sagte ich. »Aber jetzt tut es mir leid, daß ich es getan habe.«
»Du kannst mich nicht ausstehen. Nicht riechen kannst du mich, mein Lieber! Vielleicht war es anfangs anders. Aber als du merktest, wie deine Mutter zu mir stand, schwenktest du auf ihre Linie ein. Du würdest keinen Finger für mich rühren, und wenn sie mich zum Tod verurteilten. Aber das habe ich alles erst gemerkt, als du einen winzigen Fehler machtest. Da

begann es mir zu dämmern. Plötzlich bekam alles einen Sinn.«
»Na schön«, sagte ich, »wenn du glaubst, daß alles einen Sinn hat, warum gehst du nicht und erzählst es Mr. Ten Eyck, anstatt mich damit anzuöden?«
»Mit anderen Worten: Du möchtest gern erfahren, wieviel ich weiß und wieviel ich dir noch aus der Nase ziehen muß. Du hast eine geschickte Art, mein Freund, und ich glaube, sogar deine Mutter wäre überrascht, wenn sie wüßte, wie schlau ihr Söhnchen ist.«
»Laß gefälligst meine Mutter aus dem Spiel. Und ich habe nicht versucht, schlau zu sein. Was ich sagen wollte, war: Du kannst gar nichts wissen, weil ich nichts getan habe.«
»O doch! Als du dich hinstelltest und mir so edelmütig zu Hilfe kamst, da hast du etwas gesagt, was mir ein großes, helles Licht aufsteckte. Du hast Ten Eyck erzählt, daß ich mich geäußert habe, Kate Ballous Leben sei in heillose Verwirrung geraten, und sie sei nur zu bemitleiden. Und weißt du, was das Erstaunliche daran war? Daß ich das nur ein einziges Mal gesagt habe, und zwar zu deiner Schwester, als wir letzte Nacht zusammen in der Küche saßen. Und das war eine Sache, die sie nie und nimmer mit dir besprochen hätte. Nein, da muß jemand an der Küchentür gelauscht haben, das heißt, du mußt gelauscht haben! Dabei hast du diese Wort aufgeschnappt.«
»Ich ging hinunter, um mir etwas zum Essen zu holen. Als ich dich und Bettina reden hörte, wollte ich euch nicht stören.«
»Aha, das soll deine gute Erziehung beweisen, nicht wahr? Aber es beweist außerdem, daß du zur Zeit, als Kate Ballou getötet wurde, noch wach und auf den Beinen warst. Das veranlaßte mich zum Nachdenken. Stückchen für Stückchen setzte ich das Bild zusammen. Zum Beispiel: Als du zum Frühstück herunterkamst, griffst du sofort nach der Zeitung und begannst bei Tisch mit einem solchen Eifer zu lesen, als ob du große Angst hättest, eine äußerst wichtige Sache zu versäumen.«
»Eine Menge Leute lesen Zeitung.«
»Eine Menge Leute lesen Zeitung, nur du nicht, Dick! Nein, es war das erstemal, seit ich dich kenne, daß ich dich nach einer Zeitung greifen sah. Aber wenn du wußtest, daß Kate Ballou tot war, und dachtest, es könne schon etwas darüber in der

Zeitung stehen, dann ist es kein Wunder, daß du aufgeregt warst.«

»Wenn ich es tatsächlich wußte!«

»Zugegeben. Aber es gibt noch mehr Dinge, die in das Bild passen. Zum Beispiel die kleine Geschichte mit der Bemerkung deiner Mutter über meine schmutzigen Schuhe beim Frühstück. Dabei waren sie noch viel schmutziger, als ich sie anzog. Rußig und voller Flecken von schwarzem Kohlenstaub. Und da es deine neuen Opanken waren und da euer Haus Gasheizung besitzt, während Kates Keller nebenan voller Kohlen liegt, läßt sich leicht daraus schließen, daß deine Opanken sich gestern nacht in Kates Keller befunden haben. An *deinen* Füßen selbstverständlich.«

»Bildest du dir ein, Ten Eyck würde auf diesen Mist hören?«

»Es interessiert mich nicht, ob Ten Eyck darauf hört oder nicht. Das einzige, was mich interessiert, ist, die kleinen Stücke zusammenzufügen. Dazu gehört auch dein Benehmen, als du heute morgen von einem Spaziergang nach Hause kamst, während Mr. Ten Eyck uns vernahm. Du sahst die vielen Leute draußen und die ganze Aufregung. Bliebst du daraufhin vielleicht stehen und fragtest jemand, was los sei? Oder ranntest du ins Haus, voller Angst, es könnte einem von euch etwas passiert sein? Das wäre doch das normale Verhalten eines jeden anderen Menschen gewesen, der plötzlich eine solche Szene vor sich sieht. Aber deine einzige Reaktion war, daß du, als du ins Zimmer kamst, ein paar ärgerliche Bemerkungen über den zertrampelten Rasen fallen ließt. Du hast dich nicht geängstigt, daß irgend jemand im Haus, deiner Mutter zum Beispiel, etwas passiert sein könnte, weil du verdammt gut wußtest, was geschehen war, noch ehe es dir ein Mensch erzählt hat.«

»Es kann sein, daß du wirklich glaubst, ich hätte es getan, es kann allerdings genausogut sein, daß du nur Scherereien machen willst – ich weiß es nicht. Aber ich verstehe jetzt, warum du deine Geschichte ausgerechnet mir erzählst und nicht Mr. Ten Eyck. Weil *er* dir nämlich diesen Blödsinn nicht glauben würde.«

»Ich habe dir schon einmal gesagt, daß es mir ganz egal ist, ob er mir glaubt oder nicht. Ich weiß, daß du der Täter bist.

Trotz deiner ganzen Schlauheit, mit der du alle Tatsachen verdrehst, weiß ich genau, daß du den Schlüssel aus Jennys Zimmer benutzt hast, um in Kates Haus einzudringen. Und als heute morgen die Tür zum Dachgeschoß versperrt war, warst du gerade im Begriff, den Schlüssel wieder an seinen Platz zu hängen, ehe Jenny ihn vermissen würde. Ich weiß auch, daß du Bob gesehen hast, als er von Kates Tür wegging, weil du selbst es warst, der die ganze Zeit hinter der Tür gestanden hat. Und ich weiß weiter, daß du die Unterschrift von seinem Zettel weggerissen hast. Sie steckt weder in deinen Taschen, noch liegt sie im Papierkorb oder draußen auf dem Fahrweg, aber irgendwo muß sie zu finden sein, wo du sie gerade hingeworfen hast. Das einzige, was ich nicht weiß, ist der Grund, warum du es getan hast. Aber das werde ich noch herausbringen. Es ist mein heiliger Ernst, Dick! Ehe ich dieses Zimmer verlasse, werde ich wissen, was zwischen dir und Kate Ballou vorgefallen ist.«

Ich schwang leicht mit den Armen, und meine Fäuste waren jetzt so fest geballt, daß ich spürte, wie sich meine Fingernägel in die Handflächen bohrten. Ich sagte: »Ich rate dir, mach, daß du hinauskommst!«

»Warum hast du es getan, Dick? Bist du hinübergegangen, um etwas zu stehlen, und sie hat dich dabei erwischt?«

»Ich gehöre nicht zu der Sorte Menschen wie du. Ich laufe nicht herum und bestehle die Leute.«

»Warst du verliebt in sie? War das der Grund? Nein, es ist kein Hohn, Dick, du bist groß genug und alt genug, genauso verliebt zu sein wie andere Menschen. Und das führt oft zu den merkwürdigsten Dingen. Hat es etwas damit zu tun?«

»Ich haßte sie«, sagte ich.

Er sah mich lange Zeit an. »Deiner Mutter Sohn, schon richtig«, sagte er schließlich.

Da ging ich mit der Faust auf ihn los. Ich schlug ihm nicht ins Gesicht, weil ich nicht wollte, daß er mit dem Kopf gegen die Tür stieß, was man draußen hätte hören können. Ich schlug einen scharfen Haken, der ihn eigentlich hätte zu Boden strecken müssen. Und dann hätte ich mich auf ihn stürzen können. Aber er war wirklich wie eine Katze, eine richtige Katze, denn er bewegte sich so schnell, daß der Schlag sein

Ziel verfehlte. Er landete auf seinem Gesicht, und ich konnte spüren, wie mein Siegelring seine Wange aufriß. Er torkelte, fiel halb auf mein Bett, rollte auf der anderen Seite hinunter und war plötzlich wieder auf den Füßen. Er stand da und schaute mich durchdringend an.

Auf einmal begann die Wunde an seiner Wange zu bluten. Er faßte hin und betrachtete dann überrascht seine Finger. Ich rannte um das Bett und stand jetzt wieder neben ihm. Aber er trat einen Schritt zurück und sah so blutig und zerschunden aus, daß ich innehielt.

»So«, sagte ich, »und jetzt will ich *dir* einmal etwas erzählen. Kein Mensch hier hat noch das geringste Verlangen nach dir. Nicht einmal meine Schwester. Deshalb ist es das beste, du verschwindest aus Sutton und kommst nie mehr zurück. Und alle Gedanken, die du dir über mich gemacht hast, behältst du gefälligst für dich.«

Er griff wieder nach seiner Wange und zeigte mir dann seine Hand mit den Blutflecken an den Fingern. »Sieh mal an«, sagte er, als ob er es selber nicht glauben könne.

Ich hätte ihn besser kennen sollen. Kaum schaute ich hin, saß mir seine Hand schon an der Kehle. Fester und fester packte sie zu, so daß ich das Gefühl hatte, stehenden Fußes erwürgt zu werden. Aber als ich nach ihr griff, war sie nicht mehr da. Matt war zurückgetreten und beobachtete mich. Der Schmerz wurde immer stärker, und als ich ihn in der Lunge und in der Brust spürte, versuchte ich zu sprechen. Aber ich war außerstande dazu. Ich sackte in die Knie, und während ich krampfhaft nach Luft rang, traf mich sein Absatz mitten aufs Kinn. Ich fiel seitlich auf den Boden.

Es wurde dämmrig um mich. Er war nur noch ein Schatten in all dem Grau. Aber ich sah, wie er auf mich zutrat, und spürte plötzlich, wie ein Wunder, daß ich wieder Luft bekam. Seine Beine waren jetzt neben mir, und ich griff mit der einen Hand nach ihnen. Er fiel zu Boden, halb über mich, und riß mit einem wütenden Tritt das eine Bein aus der Umklammerung. Aber ich packte das andere um so fester, und mit meinem freien Arm versuchte ich nach seinem Hals zu greifen. Beim ersten Versuch rutschte meine Hand ab und bekam nur das Hemd zu fassen, das im Rücken aufriß. Aber dann gelang es

mir doch, seinen Hals zu erwischen, und ich drückte, so fest ich konnte.
Es war, als ob man versuchen wollte, mit einer Handvoll Kautschuk und Sprungfedern fertig zu werden, und ich probierte, mich auf ihn zu rollen, um ihn mit meinem Gewicht zu überwältigen. Aber jedesmal, wenn ich mich bewegte, stießen mir seine Knie wie Kolben in den Bauch. Ich wußte, wenn ich durchhalten würde, ohne den Griff zu lockern, mußte er über kurz oder lang ohnmächtig werden. Aber gerade als ich meinte, die Spannung in seinem Körper lasse nach, fühlte ich seine Hand nach meinem Gesicht tasten. Ich spürte, wie sich sein Daumen wütend in meine Augenhöhle bohrte, und da bekam ich das erstemal wirklich Angst vor ihm. Er würde mir das Auge ausquetschen, wenn es ihm gelang – mich zum Krüppel machen, wenn er konnte. Und es gab keinen anderen Ausweg, als ihm zu gehorchen. Ich hatte das grauenhafte Gefühl, daß er sich durch nichts abschrecken ließ. Selbst wenn ich ihm jetzt sämtliche Knochen im Leib zerschlug, würde er es immer und immer wieder versuchen, bis er mich soweit hatte. Er würde mich nie in Frieden lassen. Tag und Nacht würde er mich verfolgen, wo ich auch war. Und immer wieder würden wir aneinander geraten wie jetzt.
Das Unheimlichste an alledem war, daß der Kampf sich in tiefstem Schweigen abspielte. Ich wollte nicht, daß uns jemand hören sollte, und wahrscheinlich ging es ihm ebenso. Sosehr wir uns ineinander verkrallten, keiner von uns sprach ein Wort, und alle unsere Bewegungen gingen lautlos vor sich, immer darauf bedacht, nicht plötzlich an eines der Möbelstücke zu stoßen.
Es gelang mir, mich von ihm zu befreien, und ich versuchte, wieder auf die Füße zu kommen. Aber er war schneller als ich. Während ich noch kniete, fuhr mir seine Faust ins Gesicht wie ein Stück Eisen. Ich fiel rückwärts. Instinktiv packte ich ihn am Arm. Als er sich losreißen wollte, kam ich wieder hoch und stand ihm gegenüber. Er hieb abermals auf mich ein und beobachtete mich dann, als ich zu schwanken begann.
»Dick«, flüsterte er, »warum hast du sie getötet?«
Ich schüttelte den Kopf. Er drosch wieder auf mich los, daß das Zimmer sich um mich zu drehen begann.

»Warum hast du sie getötet?«
Ich taumelte auf ihn zu. Diesmal traf mich sein Fuß mit aller Gewalt ans Schienbein. Ein stechender Schmerz durchzuckte mich. Ich griff mit beiden Händen nach dem Bein, und in diesem Moment schlug seine Faust so blitzschnell zu, daß ich es nicht einmal merkte. Ich weiß nur, daß ich überrascht war, als das Zimmer unter mir wegzurutschen begann, und der Boden in die Höhe sauste und mich seitlich an den Kopf traf.
Ich glaubte, das Blut in meinem Schädel hämmern zu hören, bis ich merkte, daß jemand laut an die Tür klopfte. »Richard«, hörte ich meine Mutter wie aus weiter Entfernung. »Richard, was ist da drinnen los?«
Matts Füße befanden sich ganz nahe bei meinem Kopf, und ich wußte, was er im Sinn hatte. Er würde mir ins Gesicht treten, bis nichts mehr davon übrigblieb als eine blutige Masse ohne Nase und Augen. Bis nichts mehr zu erkennen sein würde.
Ich versuchte, mich mit meinen Armen zu schützen, aber er kniete jetzt dicht neben mir und stieß sie beiseite.
»Dick«, sagte er, und es hörte sich an, als ob er betete. »Dick, wenn du mir sagst, was geschehen ist, schwöre ich dir, daß ich nicht zur Polizei gehen werde. Aber du mußt es mir sagen, verstehst du! Und deiner Familie mußt du es auch gestehen. Wirst du es tun?«
Ich versuchte »ja« zu sagen, aber ich konnte nicht sprechen. Ich nickte.
Er schob mir die Arme unter die Schultern und setzte mich aufrecht, mit dem Rücken gegen die Kommode. Dann sah ich, daß sein Gesicht über und über mit Blut verschmiert war, und seine Arme und der Rest des Hemdes, den er noch auf dem Leib hatte, auch. Ich dachte, so ungefähr muß ich auch ausschauen, und erschrak, als ich mir vorstellte, was meine Mutter sagen würde, wenn sie mich so sähe. Aber es war schon zu spät. Matt schloß die Tür auf, meine Mutter stürzte herein, hinter ihr mein Vater und Bettina.
»Richard!« schrie meine Mutter. »Er hat dich blutig geschlagen! Um Gottes willen, wie siehst du aus! Harry, hol sofort die Polizei. Du stehst nur da und . . .«
Ich schüttelte den Kopf, obgleich es gräßlich weh tat. »Keine

Polizei!« stammelte ich.
Das war alles, was ich herausbrachte, bis sie mich etwas gesäubert hatten, und ich in meinem Lehnstuhl saß, und alle fragend um mich herumstanden. Und dann merkte ich, daß ich es sagen konnte und es gar nicht so schwer war, wie ich mir vorgestellt hatte. Nicht, wenn man den Kopf anlehnte und die Augen schloß. Nicht, wenn man mit eintöniger, ausdrucksloser Stimme sprach und nur gerade die Tatsachen berichtete und keine Gefühle aufkommen ließ.

22

Ich spielte gerade *La Valse* von Ravel, als alles begann. Eigentlich mag ich Ravel nicht sehr, und der *Bolero*, der meistens das einzige ist, was die Leute von ihm kennen, kommt einem ziemlich langweilig vor, wenn man ihn ein paarmal gehört hat. Aber *La Valse* ist etwas anderes. Ich mußte die Platte schon mindestens zehnmal gespielt haben, seit ich sie letzte Woche kaufte, und jedesmal war ich wieder gleich begeistert. Wenn ich die Augen schloß, sah ich das alte Wien vor mir mit einem riesigen Ballsaal. Der Fußboden war wie ein Spiegel und verlor sich im Unendlichen, und die Pfeiler waren so hoch, daß sie in den Wolken verschwanden. Das war der Hintergrund.
Dann füllte sich der Saal mit Menschen. Die Frauen trugen schwingende Abendkleider, und die Männer Uniformen in allen Farben. Sie tanzten und drehten sich im Saal, und er bedeutete für sie die Welt, und sie waren glücklich.
Die Schönste von allen, die tanzten, war meine Mutter. Nicht wie sie jetzt aussieht, sondern viel jünger, wie auf der Fotografie, die auf meiner Kommode steht. Ich sah sie nicht mit meinem Vater tanzen, denn er hätte nicht in das Bild gepaßt, sondern mit jemand anderem, der aber ganz unwichtig war. Und sie und alle die anderen tanzten und drehten sich zu den Klängen der Musik.
Aber es gab noch eine andere Welt, draußen vor der Tür des Saales, und sie bestand aus Not und Haß und Sorgen. Und diese Welt begann in den Saal einzudringen. Es wurde dunkel,

die Säulen barsten in Stücke; dann stürzte plötzlich alles zusammen, und die Musik schwieg.
All das sah ich vor mir, als ich die Platte spielte, und auf einmal dachte ich, daß es vielleicht meiner Mutter Freude machen würde, sie zu hören. Ich ging über den Gang zu ihrem Zimmer. Aber als ich an die Tür kam, konnte ich hören, daß sie und mein Vater sich stritten. Es überraschte mich ein wenig, denn es klang sehr aufgeregt, und meine Eltern streiten sonst selten. Mein Vater nahm im allgemeinen kaum Notiz von ihr. Und die ganze Sorge meiner Mutter war stets, daß keiner von uns ihm in die Nähe kam oder ihn störte. Als Bettina und ich noch klein waren, sagte meine Mutter immer: »Plagt euren Vater nicht mit diesen Dummheiten, Kinder. Ihr wißt doch, daß er das nicht mag.« Und dann war sie immer besonders nett mit uns, um uns zu trösten.
Ich war überrascht, als ich sie jetzt streiten hörte, und wollte mich gerade umdrehen und in mein Zimmer zurückkehren, als meine Mutter sagte: »Ich gehe zu dieser Ballou und bringe die Sache zwischen ihr und dir in Ordnung.« Da blieb ich stehen. Dann antwortete mein Vater etwas und sie erwiderte: »Was glaubst du, wie mir jedesmal zumute ist, wenn ich hinausschaue und sehe, wie dieses Weib mit frecher Stirn die Straße hinuntergeht und sich innerlich über mich lustig macht? Glaubst du, für mich gäbe es noch irgendeine Freude im Leben, mit diesem Schmutz vor meiner Tür?«
Da stand ich, und alles, was ich denken konnte war: Mein Vater! Mein Vater und diese Frau! Und es war, als ob ich ihn plötzlich sehen würde, wie er wirklich war. Von den Leuten kann er hart und kalt sein, mit einer scharfen Zunge und völlig teilnahmslos seinen Mitmenschen gegenüber. Und im geheimen traf er sich mit einer anderen Frau, und die beiden führten ein Lotterleben und machten sich über meine Mutter lustig. Am schwersten zu verstehen war, daß es sich um meinen Vater handelte, meinen Vater, der jeden Morgen in sein Geschäft ging und jeden Abend mit der Zeitung unter dem Arm nach Hause kam, der draußen vor der Tür saß und zu malen versuchte, und der mir manchmal Geschenke brachte. Es war wie in *La Valse*, wenn die Außenwelt über den Ballsaal hereinbricht.

Ich schlich leise den Gang hinunter, damit sie nicht merken sollten, daß ich dagewesen war, und als ich in mein Zimmer kam, schloß ich vorsichtig die Tür hinter mir. Dann nahm ich die Platte vom Plattenspieler und zerschmetterte sie am Boden. Ich nahm noch eine zweite aus dem Album und schleuderte sie gleichfalls auf die Erde. Als ich dann die Stücke zusammenlas und in den Papierkorb warf, wurde mir klar, was ich zu tun hatte. Es fiel mir schwer, die Scherben aufzuheben, weil meine Finger so kalt und steif waren, als hätte ich sie stundenlang in Eiswasser gehängt. Aber bei jedem Stückchen, das ich ergriff und in den Papierkorb warf, sah ich deutlicher, was ich tun mußte.

Ich würde zu Miss Ballou gehen und ihr sagen, sie solle gefälligst meinen Vater in Ruhe lassen; und daß es wahrscheinlich am gescheitesten für sie wäre, wenn sie von hier wegziehen würde, damit es kein Gerede gäbe. Sie würde ärgerlich werden, ganz bestimmt. Sollte sie mich meinetwegen für einen frechen Rotzjungen halten, der sich in Dinge mischte, die ihn nichts angingen, aber ich wußte es besser. Mein Vater benahm sich schlecht, und meine Mutter kränkte sich darüber. Da gab es gar keine Ausreden. Als ich mir überlegte, was sie wohl antworten würde, konnte ich sie mir gar nicht ärgerlich vorstellen. Beschämt vielleicht, aber nicht ärgerlich.

Ich zog meine Opanken an und ging hinunter und hinüber zu ihrem Haus. Ihr Wagen war nicht in der Garage, also war sie nicht daheim. Trotzdem läutete ich ein paarmal, aber alles blieb still. Als ich dastand, fiel mir ein, daß es vielleicht spät werden konnte, bis sie kam. Wenn sie aus New York zurückkehrte, hörte man sie immer ihr Auto in die Garage fahren, und das war meistens zwischen zwei und drei Uhr nachts.

Während ich noch dastand und überlegte, hörte ich plötzlich, wie die Seitentür unseres Hauses zugeschlagen wurde, und sah meinen Vater auf die Garage zueilen. Es bestand die Gefahr, daß er mich vor Miss Ballous Tür entdeckte, wenn er rückwärts aus der Garage fuhr. Ich rannte daher, im Moment, wo er den Wagen anließ, hinüber. Aber auf dem Fahrweg rutschte ich aus, und er hätte mich beinah überfahren. Ich schrie laut, und er bremste und sah ganz erschrocken aus.

Er rief etwas, und ich sagte, es sei alles in Ordnung, aber es

fiel mir schwer, ein Wort herauszubringen. Es drehte mir den Magen um, wenn ich ihn nur anschaute und mir vorstellte, was für ein Mensch er wirklich war. Ich war glücklich, daß er keine langen Geschichten machte, sondern gleich abfuhr.
Als ich wieder in meinem Zimmer war, versuchte ich Ordnung in meine Gedanken zu bringen. Wenn ich Glück hatte, konnte ich Miss Ballou irgendwann einmal allein treffen und mit ihr reden. Aber das war nicht, was ich wollte. Es mußte schnell geschehen, so schnell wie möglich. Die Sache mußte erledigt werden, ehe jemand etwas davon erfuhr. Ich wußte, daß Jenny einen Schlüssel zum Nachbarhaus in ihrem Zimmer hatte. Wenn ich mir den holte, konnte ich hinübergehen und im Haus warten, bis Miss Ballou kam.
Jenny war draußen auf der Veranda, wie jeden Abend, und ich ging direkt in ihr Zimmer hinauf. Ich mußte den Schlüssel nicht suchen. Er hing an der Wand und hatte ein kleines Messingschild, auf dem 159 stand, so daß ich wußte, daß er zu Miss Ballous Haus gehörte. Dann lief ich wieder hinunter und klopfte an die Schlafzimmertür meiner Eltern.
Meine Mutter saß im Bett und las, und als ich sagte, daß ich jetzt schlafen ginge, war sie erstaunt.
»So früh, Richard?« fragte sie. Ich antwortete, daß ich müde sei, und sie meinte: »Bist du sicher, daß es sonst nichts ist? Du siehst so merkwürdig aus. Hoffentlich wirst du nicht krank.«
Ich versicherte ihr, es sei bestimmt nichts, und es ginge mir ausgezeichnet. Dann gaben wir uns einen Kuß und sagten »Gute Nacht«, und ich ging in mein Zimmer und schloß hinter mir laut die Tür. Ich wartete eine Weile, löschte dann das Licht und schlich auf den Zehenspitzen hinaus, wobei ich diesmal die Tür ganz leise zumachte.
Ich war darauf gefaßt, lange Zeit in Miss Ballous Haus warten zu müssen, aber ich merkte bald, daß das Sitzen in der Dunkelheit mir auf die Nerven ging. Als ich nach – für meine Begriffe – stundenlangem Warten auf die Uhr schaute, zeigte sich, daß erst dreißig Minuten vergangen waren. Deshalb zündete ich eine kleine Leselampe an und spazierte im Wohnzimmer hin und her, wobei ich versuchte, die Bilder an den Wänden zu erkennen.

Da hörte ich plötzlich die Glocke in der Küche läuten. Mein erster Gedanke war: Miss Ballou ist heimgekommen. Aber ich besann mich sofort darauf, daß sie nicht an ihrer eigenen Tür klingeln würde. Ich lief hinaus in die Küche und schlich dann, den Rücken fest gegen die Wand gepreßt, die paar Stufen bis zur Seitentür hinunter. Aber ich konnte nicht erkennen, wer es war. Ich bekam plötzlich Angst, daß es mein Vater sein könnte, und um mir Gewißheit zu verschaffen, legte ich das Gesicht ganz dicht gegen den Vorhang. Dann trat ich wieder zurück, weil es nur Bob Macek war.

Er läutete noch einmal, und dann versuchte er durch den Vorhang zu spähen, um mich zu erkennen; aber ich drückte mich gegen die Mauer, so daß er mich nicht sehen konnte. Er verschwand für ein paar Minuten. Aber gerade als ich ins Wohnzimmer zurückgehen wollte, war er wieder da und steckte etwas, anscheinend ein Stück Papier, in die Ritze am Türfenster. Dann drehte er sich um, und ich hörte ihn den Fahrweg hinuntergehen.

Es war dann nachher noch eine lange Warterei, und die längste Zeit verbrachte ich damit, im Wohnzimmer auf und ab zu laufen, bis ich die ganze Einrichtung auswendig kannte. Ein paarmal versuchte ich, mich hinzusetzen, aber ich brachte es nicht fertig. Ich war so nervös, daß ich einen Moment sogar in Versuchung geriet, laut zu schreien, nur um mir zu beweisen, daß ein lebendiges Wesen im Haus war.

Dann hörte ich ein Auto auf dem Fahrweg, und am Geräusch erkannte ich, daß es Miss Ballou war. Das Licht der Scheinwerfer lag auf den Jalousien, und zwar ziemlich lang. Es war noch jemand bei ihr, und ich konnte die beiden reden hören. Darauf war ich nicht vorbereitet gewesen. Es machte mich verwirrt und unsicher. Und in dieser Verfassung traf sie mich an, als sie schließlich in die Küche kam, wo ich auf sie wartete.

Als ich sah, daß sie allein war, wurde mir etwas wohler. Aber die ersten Worte, die sie dort im Zwielicht zu mir sagte, brachten mich sofort wieder in Wut.

»Harry«, rief sie, »bist du es?«

»Nein«, antwortete ich, »ich bin es, Dick. Dick Ayres«, und ich konnte hören, wie sie tief Luft holte. Dann lief sie mit ihren kleinen, raschen Schritten zum Lichtschalter und knipste die

Küchenlampe an, so daß wir uns plötzlich blinzelnd gegenüberstanden.
»Du siehst deinem Vater so ähnlich«, sagte sie und preßte dabei ihre Hand aufs Herz. »Aber was willst du hier? Es ist doch hoffentlich nichts passiert?«
»Ich habe mit Ihnen zu reden.«
»Wie bist du hereingekommen?«
»Ich habe Jennys Schlüssel benutzt. Ich mußte Sie so rasch wie möglich sprechen.«
»Das klingt höchst wichtig.«
»Das ist es auch. Sie werden es schon merken.«
»Oh?« Sie schaute mich neugierig an. Ich gab ihr den Blick zurück und sah auf einmal, daß sie gar nicht so jung und hübsch war, wie ich mir immer eingebildet hatte. Ihr Haar war zerzaust, und im Schein der Lampe sah sie wachsgelb aus, mit tiefen Schatten unter den Augen. Sie mußte gemerkt haben, was ich dachte, und lächelte.
»Ich sehe wahrscheinlich verheerend aus? Willst du mich einen Augenblick entschuldigen?« Sie warf ihre Handtasche auf den Küchentisch und zog eine kleine Schmuckkassette aus der Manteltasche, die sie daneben legte. Dann faltete sie einen Zettel auseinander, den sie in der Hand gehalten hatte, und las ihn durch.
»Bob Macek war hier«, sagte sie überrascht. »Hast du ihn nicht gesehen?«
»Doch. Aber ich wollte nicht, daß er mich sah.«
Sie hatte den Zettel auf den Tisch geworfen und zog einen Kamm aus der Tasche. Aber der Ton, in dem ich sprach, machte sie stutzig. Sie blickte mich an und runzelte die Stirn.
»Was ist los, Dick? Wieso kommst du um diese Zeit? Und wie seltsam du redest, und das ganze Drum und Dran. Hast du etwas angestellt?«
»Nein«, sagte ich, »ich nicht, aber Sie. Sie und mein Vater.«
»Aha«, erwiderte sie und nickte nachdenklich. »Ich verstehe.«
»Ist das alles, was Sie zu sagen haben?«
»Nein. Ich möchte noch hinzufügen, daß es reichlich spät ist und Kinder um diese Zeit ins Bett gehören. Verstehst du, was ich meine, Dick?«
»Ich kam nicht, um mich von Ihnen auslachen zu lassen.«

»Ich lache dich nicht aus, Dick. Mir ist in letzter Zeit verdammt wenig nach Lachen zu Mut. Und wenn dir daran liegt zu hören, daß es mir leid tut, daß dein Vater und ich etwas taten, was dich kränkt, das kannst du haben: Es tut mir leid.«
»Sie scheinen mich nicht zu verstehen«, sagte ich. »Mich kränken Sie ganz und gar nicht, aber meine Mutter! Und das hat aufzuhören, und zwar sofort. Auf der Stelle.«
»Deine Mutter«, sagte sie, und plötzlich funkelten ihre Augen vor Zorn. »Ist sie es gewesen, die dir von deinem Vater und mir erzählt hat?«
»Niemand hat es mir erzählt. Meine Eltern haben in ihrem Zimmer miteinander gesprochen, und ich habe es gehört.«
Sie seufzte. Mit geschlossenen Augen fuhr sie sich langsam mit der Hand über die Stirn, als ob sie Kopfschmerzen habe.
»So, du hast sie also gehört«, sagte sie. Mit einer Geste der Verzweiflung breitete sie die Arme aus und ließ sie dann kraftlos wieder sinken. »Und du hast alles erfahren, und es schmerzt dich. Das tut mir leid.«
»Das tut mir leid, das tut mir leid!« äffte ich sie nach ... »Das sind doch nur Worte, das genügt mir nicht. Ich verlange, daß die ganze Geschichte aufhört, daß Sie wegziehen von hier und ihn nie mehr wiedersehen.«
»*Du* verlangst?« Sie schaute mich an, als ob ich verrückt geworden wäre, und dann schlug sie plötzlich mit der Faust auf den Küchentisch, daß alles zitterte. »Was fällt dir eigentlich ein, so mit mir zu reden?«
»Ich habe ein Recht dazu.«
»Ach, du hast das Recht dazu?« Unvermittelt ging sie quer durch die Küche und die drei Stufen zur Seitentür hinab. Dort blieb sie stehen, mit der Hand auf der Klinke, und schaute mir voll ins Gesicht. »Wenn wir schon von Recht sprechen, du Moralprediger, dann möchte ich dir doch einmal meinen Standpunkt klarmachen. Dieses Haus gehört mir. Du bist nichts anderes als ein Eindringling, und ich erwarte, daß du verschwindest. Aber schleunigst!«
Ich war rasend vor Wut, aber ganz tief in meinem Inneren. Ich ging durch die Küche und die drei Stufen hinunter und stand jetzt dicht neben ihr.
»Ich habe nicht von Moral gesprochen«, sagte ich. »Ich habe

davon gesprochen, daß meiner Mutter ein Unrecht zugefügt wird und daß das aufhören soll.«
»Hinaus!« sagte sie. »Wenn du nicht sofort machst, daß du hinauskommst, werde ich einen solchen Lärm schlagen, daß die ganze Nachbarschaft zusammenläuft, und das gibt dann eine Geschichte, die dir mit Recht Sorgen machen wird. Raus!«
Es war ihr ernst damit. Ich war mir darüber klar, und ich war mir auch klar, daß es genauso kommen würde, wie sie sagte. Die ganze Nachbarschaft würde sich hier versammeln, und alle meine Erklärungsversuche wären umsonst, weil ich ihnen ja doch nicht sagen konnte, um was es in Wirklichkeit ging. Ich faßte sie an den Schultern, um sie von der Tür wegzuziehen, ehe sie aufmachen konnte, aber sie klammerte sich an der Klinke fest, und als ich sie am Arm zerrte, hörte ich das Holz der Tür splittern. Sie versuchte zu schreien, aber ich preßte ihr schnell die andere Hand auf den Mund, und da wurde mir plötzlich bewußt, daß ich ja mit ihr kämpfte, was ich doch nie im Leben gewollt hatte. Aber jetzt blieb mir keine andere Wahl.
»Seien Sie still«, flüsterte ich ihr ins Ohr, »seien Sie still.« Und alles, was ich denken konnte, war, daß ich sie unbedingt von der Tür wegbringen mußte, wo uns jeder hören konnte. Ich rang immer weiter mit ihr. Meine eine Hand hielt ihr Handgelenk umklammert, den anderen Arm hatte ich um ihren Hals geschlungen, und die Hand auf ihren Mund gepreßt. Und plötzlich sank sie in sich zusammen. Eben hatte sich ihr Körper noch gegen den meinen gestemmt, jeder Muskel gespannt und voller Wut, und auf einmal sackte sie zu Boden, wie eine Stoffpuppe so schlaff. Ich ließ sie los und stand wie angewurzelt vor Schreck. Langsam neigte sie sich vornüber wie im Schlaf und fiel dann mit dem Kopf voran die Kellertreppe hinunter.

23

Das erzählte ich ihnen alles mit geschlossenen Augen und leiser, tonloser Stimme, und die ganze Zeit, während ich sprach, bewegte sich keiner, und nicht der geringste Laut war zu vernehmen. Erst als ich fertig war, entrang sich meiner Mutter ein Stöhnen, und Bettina schaute um sich, als ob sie aus einem bösen Traum erwache.

»Jenny«, sagte sie. »Sie ist zur Wache gelaufen, als sie hörte, daß man Bob verhaftet hat. Sicher ist sie halb wahnsinnig vor Angst. Und Bob . . . Ich muß sofort die Polizei anrufen.«

Sie war schon fast an der Tür, als meine Mutter »Bettina« rief. Da blieb sie stocksteif stehen. »Du machst keinen Schritt aus diesem Zimmer! Das ist alles vollkommener Unsinn. Der Junge ist so mißhandelt worden, daß er den Verstand verloren hat und nicht mehr weiß, was er sagt. Und du rennst auf und davon . . .«

Bettina sah meine Mutter merkwürdig an. »Du weißt genau, daß er die Wahrheit sagt. Du weißt, daß jedes Wort stimmt. Und diese armen Teufel dort auf der Wache, auf die sie alle loshacken! Was glaubst du, wie denen zumute ist?«

Ihr Ton machte mir Angst.

»Matt«, sagte ich, »laß sie nicht fort. Du hast es mir versprochen. Du hast gesagt, daß du nicht zur Polizei gehen wirst. Erlaub auch nicht, daß sie hingeht.«

»Gott sei Dank!« sagte meine Mutter.

Bettina blickte Matt ungläubig an. »*Du* hast das versprochen? Welches Recht hast du, so etwas zu versprechen?«

Man konnte die Spannung zwischen den beiden fast mit Händen greifen. Es war, als ob Bettina versuchte, ihn mit ihrem Zorn zu überrennen; als ob sie jeden Augenblick wütender würde, weil sie seinen Panzer nicht zu durchdringen vermochte.

»Ich habe es versprochen«, sagte er schließlich, und ich spürte, daß sie auf ihn hören würde. »Die Gründe sind unwichtig, aber ich habe es versprochen, und das gilt auch für dich.«

Bettina flüsterte kaum hörbar: »Und Bob und Jenny? Und diese ganze grauenhafte Geschichte? Bildest du dir ein, das läßt sich auf diese Art aus der Welt schaffen?«

»Ich glaube nicht, daß man eine Sache wie diese aus der Welt schaffen kann. Aber *ich* werde nichts unternehmen und *du* auch nicht! Dick«, sagte er zu mir, »siehst du nicht, daß es nur eine Lösung gibt? Siehst du nicht, daß du selbst gehen mußt und niemand sonst?«
Ich war völlig durcheinander, alles drehte sich mir im Kopf. Das einzige, woran ich mich klammerte, war sein Versprechen, und das wollte er jetzt verdrehen.
»Nein«, sagte ich, »du kannst mich nicht zwingen.«
»Es ist deine Pflicht, zur Polizei zu gehen – zu Mr. Ten Eyck. Erzähl ihm alles, wie du es uns erzählt hast. Kein Mensch wird dich mit Gewalt hinschleppen, aber du weißt selbst ganz genau, daß du gehen mußt.«
»Nein«, sagte ich. »Es war ein Unglücksfall, aber sie werden es mir nicht glauben. Sie werden es nicht verstehen.«
Wütend sagte meine Mutter zu Matt: »Natürlich werden sie es nicht verstehen, diese blöden Polizisten, die nie richtig zuhören, wenn man etwas erzählt. Wer weiß, was sie daraus machen werden!«
»Mischen Sie sich, bitte, nicht ein, Madam«, sagte er zu ihr und dann, in beschwörendem Ton, zu mir: »Dick, hör auf mich! Du kannst nicht herumlaufen mit dieser Sache auf dem Gewissen. Früher oder später wird es dich zur Verzweiflung bringen, und du landest im Irrenhaus. Morgen, übermorgen, nächste Woche, jeden Tag wird es schlimmer und schlimmer und wuchert in dir wie ein Geschwür. Du wirst nie mehr in Frieden leben können.«
»Doch, er kann!« rief meine Mutter. »Er kann, wenn keiner es weiß! Und wenn Sie ihn nicht so geschlagen hätten, hätten nicht einmal Sie etwas davon erfahren.« Sie packte ihn am Arm und schüttelte ihn wie rasend. »Oder vielleicht nicht?«
Er machte sich von ihr los, als ob ihm vor ihrer Berührung ekelte. »Sie haben recht«, sagte er, »das einzige Gebot, das *Sie* kennen, ist: Laß dich nicht erwischen! Erwischtwerden ist die Sünde, Erwischtwerden ist das Verbrechen, für das man hängt. Sie wußten schon die längste Zeit Bescheid über Harry und Kate Ballou, aber Ihre einzige Angst war, daß jemand, der Ihnen auf der Straße begegnete, es auch wissen könnte. Sie wissen jetzt, was ihr Sohn angerichtet hat und was es be-

deutet, aber alles, wovor Sie Furcht haben, ist, daß Ihre Nachbarn es erfahren könnten. Sie haben Ihrem Mann und Ihrem Sohn seit Jahren das Leben verbittert, bis ein Verbrechen daraus entstanden ist – ein Mord, um es beim richtigen Namen zu nennen –, aber solange es außer Ihnen niemand weiß, ist Ihnen das vollkommen egal.«

Das Gesicht meiner Mutter war grau geworden, aschgrau, und ihre Finger zerrten an ihrem Kleid, als ob sie es in Fetzen reißen wollte. Sie rang nach Luft und fuhr dann auf ihn los: »Was kann man von einem Kerl wie Ihnen anderes erwarten! Der aus einer so dreckigen Gegend stammt, verkommen und gemein, ohne jegliche Erziehung, genau wie all die anderen in ihren verwahrlosten Löchern, die nicht einmal ahnen, was Ehrbarkeit ist.«

»Mutter«, schrie Bettina, aber Matt fiel ihr ins Wort.

»Ehrbarkeit«, sagte er zu meiner Mutter, »ich werde Ihnen sagen, was das ist: Es ist nicht das, was die andern von einem halten, sondern das, was man selbst von sich hält. Und das ist der springende Punkt«, sagte er und wandte sich plötzlich an mich. »Man muß ehrlich zu sich selbst sein. Ehrlich zu sich selbst, Dick. Das mußt du begreifen. Es gibt in diesem Augenblick auf der ganzen Welt nichts Wichtigeres für dich, als daß du das begreifst.«

»Und da ist noch Bob«, sagte mein Vater. »Du kannst den Jungen nicht in dieser Hölle lassen. Selbst wenn es nicht zu einem Prozeß gegen ihn kommt . . .«

»Harry«, sagte meine Mutter, »es handelt sich um deinen Sohn. Weißt du, was du von ihm verlangst?«

Hilflos erwiderte mein Vater: »Ich verlange ja nur, daß er das Rechte tut. Das Rechte!«

»Dann will ich dir eins klarmachen, Harry«, sagte meine Mutter, und sie schien kein Fünkchen Leben mehr in sich zu haben. »Wenn das herauskommt, ist es aus zwischen uns beiden. Es war schon lange dein Wunsch, Harry, und wenn du meinen Sohn der Schande preisgibst, wird sich dieser Wunsch erfüllen. Aber jetzt wartet keine andere mehr auf dich! Jetzt bist du allein und kannst darüber nachdenken, was du aus ihm und dir gemacht hast. An dem Tag, an dem mein Sohn mit Handschellen vor Gericht steht und der ganzen Welt er-

zählt, was er getan hat und warum, bin ich fertig mit dir. Fertig mit euch beiden!«
»Lucie«, sagte mein Vater, »sprich nicht so über den Jungen.«
Anklagend streckte sie die Arme nach ihm aus. »Wie der Vater, so der Sohn«, schluchzte sie. »Ein feines Paar. Meinetwegen, Harry, wenn du es unbedingt so haben willst. Du kennst jetzt meinen Standpunkt.«
Ich konnte sie nicht begreifen: Wie sie sich von mir zurückzog, wie sie mich fallen ließ.
»Aber ich bin doch deinetwegen zu Miss Ballou gegangen«, sagte ich. »Für dich habe ich es getan!«
Sie schlug sich auf die Brust. »Oh, ich verstehe«, sagte sie »jetzt verstehe ich. Irgendwie bin ich an allem schuld! Irgendwie ist alles mein Fehler!«
Das hatte ich früher schon oft von ihr gehört, die gleichen Worte, im gleichen Ton, aber jetzt hörte ich es zum erstenmal in meinem Leben mit Bewußtsein. Ich lauschte auf den Ton und auf die Worte, und was sie zu bedeuten hatten. Aber ich sagte nichts. Bettina war es, die murmelte: »Ja, das kann schon sein.« Und die beiden blickten einander in die Augen. Dann faßte Bettina mich bei der Hand. »Komm, Dick, wir gehen hinunter«, sagte sie, »du kannst von unten telefonieren.«
Wir gingen die Treppe hinab. Bettina hielt meine Hand wie früher, als wir noch Kinder waren, wenn wir über die Straße gehen mußten. Mein Vater und Matt folgten uns. Nur meine Mutter blieb oben im Zimmer zurück. Die Hand auf dem Mund schaute sie uns nach, aber sie rührte sich nicht von der Stelle.
Das Telefon lag in meinen Fingern wie ein totes Ding, das darauf wartet, durch meine Worte lebendig zu werden, und da sah ich, daß Matt an der Haustür stand und sie öffnete. Er war im Begriff, uns zu verlassen, wie er ging und stand, das Gesicht voller Schrammen und Risse, das Hemd in Fetzen, blutstarrend und schmutzig. Mir war, als hätte man mir den Boden unter den Füßen weggezogen, als hätte man mich der Stütze beraubt, die ich am nötigsten brauchte. Und plötzlich bekam ich Angst und fühlte mich allein und verlassen und ohne Halt.
»Matt«, rief ich, »Matt, geh nicht weg!«

Er hielt inne, aber seine Hand lag noch immer auf der Klinke, als er sich umwandte. Doch nicht mich sah er an, sondern Bettina, die da stand – erstarrt, die Arme an den Körper gepreßt, den Kopf erhoben – und ihn anblickte.
»Matt«, sagte sie unter Tränen, »Matt, geh nicht.«
Da wußte ich, daß er bleiben würde

Leseprobe aus Scherz-classic-Krimi 809

DIE VERGESSLICHE MÖRDERIN

von Agatha Christie

Hercule Poirot war gerade beim Diktat, als das Telefon klingelte. Miss Lemon griff nach dem Hörer. »Ja? Wer spricht bitte?« Sie deckte die Hand über die Muschel. »Mrs. Oliver.«
Etwas ungehalten über die Störung, meldete sich Poirot.
»Hallo, Monsieur Poirot, bin ich froh, daß ich Sie erreicht habe! Ich habe sie gefunden!«
»Wie bitte?«
»Ich habe das Mädchen gefunden. Ihre Besucherin, die glaubt, jemand ermordet zu haben, Sie wissen schon. Und sie redet auch fortgesetzt davon. Für mich hat sie den Verstand verloren. Aber das ist jetzt egal. Kommen Sie schnell und holen Sie sie!«
»Wo sind Sie, *chère* Madame?«
»Zwischen St. Paul's und dem Mermaid-Theater, in der Calthorpe Street«, sagte Mrs. Oliver und streckte plötzlich den Kopf aus der Telefonzelle, in der sie stand. »Können Sie sofort kommen? Die beiden sind in einem Restaurant.«
»Die beiden?«
»Ja, sie und ihr Freund. Ich glaube wenigstens, daß er es ist. Dabei ist er recht nett und scheint sie gern zu haben. Unbegreiflich! Na ja, Menschen sind komisch. Aber ich will jetzt wieder zurück. Ich habe sie nämlich verfolgt und dann in dem Café gefunden.«
»Ach? Wie tüchtig von Ihnen, Madame?«
»Nein, ganz so war es nicht. Ich bin zufällig in das Café gegangen, und da saß das Mädchen.«

»Also hatten sie Glück – das ist ebenso wichtig.«

»Ich habe am Nebentisch gesessen, und sie kehrt mir den Rücken zu. Aber sie könnte mich sowieso nicht erkennen. Ich habe nämlich meine Frisur geändert. Jedenfalls reden sie so, als wären sie allein auf der Welt. Als sie noch was bestellt haben . . .«

». . . sind Sie aus dem Café gelaufen, um zu telefonieren?«

»Ja. Jetzt muß ich zurück. Oder ich könnte auch draußen warten. Kommen Sie bitte so schnell wie möglich!«

»Wie heißt das Café?«

»*The Merry Shamrock*. Ein ziemlich mieser Laden, aber der Kaffee ist gut.«

»Wir machen lieber Schluß, Madame. Gehen Sie zurück. Ich werde mich beeilen.«

»Ausgezeichnet«, sagte Mrs. Oliver und legte auf . . .